A VALSA DOS ADEUSES

MILAN KUNDERA

A VALSA DOS ADEUSES

Tradução
Teresa Bulhões Carvalho da Fonseca

Copyright © 1973 by Milan Kundera
É proibida toda e qualquer adaptação da obra

Tradução anteriormente publicada pela Editora Nova Fronteira S.A.

Grafia atualizada segundo o Acordo Ortográfico da Língua Portuguesa de 1990, que entrou em vigor no Brasil em 2009.

Título original
La valse aux adieux

Capa
Jeff Fisher

Preparação
Maria Ignez França

Revisão
Adriana Moretto
Renato Potenza Rodrigues

Dados Internacionais de Catalogação na Publicação (CIP)
(Câmara Brasileira do Livro, SP, Brasil)

Kundera, Milan
  A valsa dos adeuses / Milan Kundera ; tradução Teresa Bulhões Carvalho da Fonseca. — São Paulo : Companhia das Letras, 2010.

  Título original: La valse aux adieux.
  ISBN 978-85-359-1729-1

  1. Romance tcheco I. Título.

10-07849   CDD-891.863

Índice para catálogo sistemático:
1. Romances : Literatura tcheca 891.863

2010

Todos os direitos desta edição reservados à
EDITORA SCHWARCZ LTDA.
Rua Bandeira Paulista, 702, cj. 32
04532-002 — São Paulo — SP
Telefone: (11) 3707-3500
Fax: (11) 3707-3501
www.companhiadasletras.com.br

A François Kérel

SUMÁRIO

Primeiro dia *9*
Segundo dia *29*
Terceiro dia *69*
Quarto dia *129*
Quinto dia *193*

Sobre o autor *245*

PRIMEIRO DIA

1

É início de outono e as árvores se colorem de amarelo, vermelho, marrom; a pequena estação de águas, em seu belo vale, parece cercada por um incêndio. Sob as arcadas, as mulheres vão e voltam e se inclinam junto às fontes. São mulheres que não podem ter filhos e nessas águas termais esperam encontrar a fecundidade.

Os homens aqui são bem pouco numerosos; no entanto, veem-se alguns entre os curistas, pois parece que as águas termais, além de suas virtudes ginecológicas, são boas para o coração. Apesar de tudo, para cada curista masculino, contamos nove do sexo feminino, e isso enfurece a jovem solteira que trabalha aqui como enfermeira e que toma conta, na piscina, das senhoras que vêm tratar de esterilidade!

Aqui nasceu Ruzena, aqui vivem seu pai e sua mãe. Conseguirá ela um dia escapar desse lugar, desse terrível fervilhar de mulheres?

Estamos numa segunda-feira e o dia de trabalho chega ao fim. Restam apenas algumas mulheres gordas, as quais é preciso enrolar num lençol, estender numa cama de repouso, enxugar o rosto e sorrir.

— E você vai telefonar? — perguntam a Ruzena suas colegas; uma delas é uma gorda de quarenta anos, a outra é mais moça e magra.

— E por que não? — diz Ruzena.

— Vamos! Não tenha medo! — responde a quarentona,

conduzindo para trás das cabines do vestiário onde as enfermeiras têm seu armário, sua mesa e seu telefone.

— É para a casa dele que você devia ligar — comenta maldosamente a magra, e as três caem na gargalhada.

— Eu sei o número do teatro — diz Ruzena, quando o riso termina.

2

Foi uma conversa horrível. Assim que ele ouviu a voz de Ruzena no aparelho, ficou apavorado.

As mulheres sempre o atemorizaram; no entanto, nenhuma delas acreditava nisso, e viam nessa afirmação apenas uma brincadeira sedutora.

— Como vai você? — perguntou ele.
— Nada bem — ela respondeu.
— O que é que há?
— Preciso falar com você — disse, patética.

Era exatamente esse tom patético que ele esperava com temor havia muitos anos.

— O quê? — disse ele com voz embargada. Ela repetiu:
— Preciso muito falar com você.
— O que está acontecendo?
— Uma coisa que diz respeito a nós dois.

Ele não conseguia falar. Ao cabo de um instante, repetiu:
— O que está acontecendo?
— Estou com um atraso de seis semanas.

Fazendo um grande esforço para se controlar, ele disse:
— Não deve ser nada. Isso às vezes acontece e não quer dizer nada.
— Não, dessa vez é isso mesmo.
— Não é possível. É absolutamente impossível. Em todo caso, não pode ser culpa minha.

Ela se ofendeu.

— Faça-me o favor, o que você pensa que eu sou?!

Ele estava com medo de ofendê-la, pois, subitamente, tinha medo de tudo:

— Não, não quero magoar você, que tolice, por que iria magoá-la, digo apenas que não pode ter sido comigo, que você não tem nada a temer, que é absolutamente impossível, fisiologicamente impossível.

— Nesse caso, é inútil — diz ela, cada vez mais ofendida. — Desculpe tê-los incomodado.

Ele temia que ela desligasse.

— Não, de modo algum. Você fez bem em telefonar! É claro que estou pronto a ajudá-la. Tudo pode se ajeitar.

— O que você quer dizer com se ajeitar?

Ele sentia-se desconcertado. Não ousava chamar a coisa por seu verdadeiro nome:

— Bem... é... se ajeitar.

— Eu sei o que você quer dizer, mas não conte com isso! Esquece essa ideia. Mesmo que eu tivesse que estragar minha vida, eu não faria isso.

Mais uma vez ele ficou paralisado de medo, mas agora tomou timidamente a ofensiva:

— Por que me telefona se não quer falar comigo? Você quer discutir o assunto comigo, ou já tomou uma decisão?

— Quero discutir com você.

— Vou ver você.

— Quando?

— Eu aviso.

— Está bem.

— Até logo.

— Até logo.

Ele desligou e voltou para a sala onde estava sua orquestra.

— Senhores, o ensaio terminou. Agora não consigo mais.

3

Quando ela desligou, estava vermelha de excitação. Ofendeu-se com a maneira de Klima receber a notícia. Aliás, estava ofendida havia muito tempo.

Tinham se conhecido dois meses antes, numa noite em que o famoso trompetista se apresentava com sua orquestra na estação de águas. Depois do concerto houve um coquetel para o qual ela foi convidada. O trompetista preferiu-a entre todas e passou a noite com ela.

Depois disso, não deu sinal de vida. Ela lhe mandou dois cartões-postais dando notícias e ele nunca respondeu. Um dia, quando estava de passagem pela capital, ela telefonou para o teatro onde sabia que ele ensaiava com a orquestra. O sujeito que atendeu pediu que ela se identificasse e depois disse que ia chamar Klima. Quando voltou, alguns instantes depois, avisou que o ensaio tinha acabado e que o trompetista tinha ido embora. Ela achou que poderia ser uma maneira de afastá-la e ficou ainda mais ressentida porque já temia estar grávida.

— Ele afirma que é fisiologicamente impossível! É fantástico, fisiologicamente impossível! Eu imagino o que vai dizer quando a criança nascer!

Suas duas colegas aprovaram calorosamente. No dia em que anunciou, na sala saturada de vapor, que na noite anterior tinha vivido horas indescritíveis com um homem célebre, o trompetista se tornara propriedade de todas elas. Seu fantasma acompanhava-as na sala onde se revezavam e, se em algum lugar seu nome fosse pronunciado, elas riam maliciosamente como se ele fosse uma pessoa que conhecessem na intimidade. Quando souberam que Ruzena estava grávida, foram invadidas por um estranho prazer, só porque ele estava fisicamente presente nas entranhas profundas da enfermeira.

A quarentona a consolava:

— Vamos, querida, se acalme! Tenho uma coisa para você.

Depois mostrou-lhe uma revista suja e amassada:

— Olhe!

Todas três contemplaram a fotografia de uma morena jovem e bonita em cima de um estrado, com um microfone diante dos lábios.

Ruzena tentava decifrar seu destino naqueles poucos centímetros quadrados.

— Não sabia que ela era tão moça — disse, cheia de apreensão.

— Espera aí! — sorriu a quarentona. — É uma foto de dez anos atrás. Eles têm, os dois, a mesma idade. Essa mulher não é rival para você!

4

Durante a conversa telefônica com Ruzena, Klima lembrou-se de que esperava esta terrível notícia havia muito tempo. Claro que não tinha nenhum motivo razoável para pensar que fecundara Ruzena na noite fatal (pelo contrário, tinha certeza de estar sendo acusado injustamente), mas aguardava uma notícia deste gênero havia muitos anos, e muito antes de conhecer Ruzena.

Tinha vinte e um anos quando uma loira que se apaixonara por ele teve a ideia de simular uma gravidez para obrigá-lo a casar. Foram semanas cruéis, que lhe causaram espasmos no estômago, e no final ele caiu doente. A partir daí soube que a gravidez é um golpe que pode surgir de qualquer lugar e a qualquer momento, um golpe contra o qual não há para-raios e que se anuncia numa voz patética pelo telefone (sim, também daquela vez a loira lhe dera a funesta notícia por telefone). O incidente de seus vinte e um anos fez com que depois ele sempre se aproximasse das mulheres com um sentimento de angústia (com bastante zelo, no entanto) e que depois de cada encontro de amor temesse sinistras consequências. Tentava se convencer, à força de raciocínio, que, com sua prudência doentia, a probabilidade de um tal desastre mal chegava a um milésimo por cento, mas até mesmo esse milésimo conseguia assustá-lo.

Uma vez, tentado por uma noite livre, telefonou para uma moça que não encontrava havia dois meses. Quando ela reconheceu sua voz, exclamou:

— Meu Deus, é você! Estava esperando seu telefonema com tanta impaciência! Precisava tanto que você me telefonasse!

E ela dizia isso com tal insistência, com tal sofrimento, que a angústia já conhecida apertava o coração de Klima e ele sentia, com todo o seu ser, que o instante temido tinha chegado. Como ele queria, o mais rapidamente possível, encarar a verdade, tomou a ofensiva:

— E por que você me diz isso num tom tão trágico?

— Mamãe morreu ontem — respondeu a moça, e ele ficou aliviado, mesmo sabendo que, de qualquer maneira, um dia não conseguiria escapar da desgraça.

5

— Chega. O que significa isso? — diz o baterista, e Klima acaba recuperando o ânimo. Via em torno dele os rostos preocupados dos músicos e explicou-lhes o que estava acontecendo. Os homens largaram os instrumentos e se dispuseram a ajudá-lo com conselhos.

O primeiro conselho era radical: o guitarrista, que tinha dezoito anos, declarou que uma mulher como a que acabara de telefonar a seu chefe e trompetista devia ser duramente repelida.

— Diga a ela que faça como quiser. O filho não é seu e você não tem nada a ver com isso. Se ela insistir, um exame de sangue vai mostrar quem é o pai.

Klima explicou que os exames geralmente não provam nada e que nesse caso as acusações da mulher o perturbavam.

O guitarrista respondeu que não haveria nenhum exame de sangue. A moça, assim repelida, trataria de evitar providências inúteis, e quando compreendesse que o homem que ela acusava não era um frouxo, ela se livraria da criança por conta própria.

— E se ela acabar tendo a criança, nós todos, os músicos da orquestra, iremos testemunhar no tribunal que dormimos com ela naquela época. Que venha procurar o pai entre nós!

Klima retrucou:

— Estou certo de que vocês fariam isso por mim. Mas, enquanto isso, já terei enlouquecido há muito tempo, de incerteza e de medo. Num caso desses, sou o homem mais covarde que existe no mundo, e, antes de mais nada, preciso de segurança.

Todo mundo estava de acordo. Em princípio, o método do guitarrista era bom, mas não para todos. Sobretudo para um homem com nervos fracos. Não era recomendável, tampouco, no caso de um homem célebre e rico, fato que poderia estimular uma mulher a se lançar numa empreitada mais arriscada. Uniram-se, portanto, em torno de ideia de que, em vez de repelir duramente a moça, era preciso usar de persuasão para que ela concordasse com um aborto. Mas que argumentos escolher? Três métodos fundamentais poderiam ser considerados:

O primeiro método apelaria ao coração bondoso da moça. Klima falaria com a enfermeira como se falasse com sua melhor amiga, se abriria com sinceridade; diria a ela que sua mulher estava gravemente doente e que morreria se soubesse que o marido tinha um filho de uma outra mulher; diria também que, nem do ponto de vista moral nem do ponto de vista emocional, Klima poderia suportar uma tal situação; e que ele suplicava à enfermeira que o redimisse.

Esse método esbarrava numa objeção elementar. Não se podia basear toda a estratégia numa coisa tão duvidosa e incerta quanto a bondade de alma da enfermeira. Seria preciso que ela tivesse um coração bom e complacente para que esse procedimento não se voltasse contra Klima. Ela poderia se mostrar ainda mais agressiva ao se sentir ofendida por esse excesso de cuidados que o pai eleito de seu filho manifestava por uma outra.

Um segundo método invocaria o bom-senso da moça: Klima tentaria explicar que não tinha certeza, e nunca poderia ter, de que o filho era realmente dele. Ele conhecia a enfermeira apenas por tê-la encontrado uma única vez e não sabia absolutamente nada sobre ela. Ele não tinha a menor ideia de quem mais ela costumava encontrar. Não, ele não achava que ela quisesse enganá-lo propositadamente; no entanto, ela não podia afirmar que não se encontrava com outros homens! E mesmo que ela o afirmasse, como iria Klima ter certeza de que dizia a verdade? E seria razoável deixar nascer uma criança cujo pai não poderia ter certeza de sua paternidade? Poderia Klima abandonar sua mulher por uma criança que ele nem sabia se era sua? Será que Ruzena iria querer um filho a quem nunca seria permitido conhecer o pai?

Esse método também se revelava duvidoso: o contrabaixista (que era o homem mais velho da orquestra) achava que era ainda mais ingênuo contar com o bom-senso da moça do que com a sua compaixão. A lógica da argumentação atingiria bem no alvo, enquanto o coração da moça ficaria transtornado por essa recusa do homem amado em acreditar na sua sinceridade. O que a estimularia a insistir com mais determinação ainda, e com chorosa obstinação, em suas afirmações e propósitos.

Finalmente, havia ainda um terceiro método: Klima juraria à futura mãe que ele a tinha amado e que ainda amava. Quanto à possibilidade de que a criança fosse de outro pai, não deveria fazer a menor alusão ao fato. Pelo contrário, Klima mergulharia a moça numa aura de total confiança, amor e ternura. Prometeria tudo, inclusive se divorciar. Pintaria o maravilhoso futuro que teriam. E é em nome desse futuro que pediria a ela para interromper a gravidez. Explicaria que o nascimento da criança seria prematuro e que iria privá-los dos primeiros e mais belos tempos de seu amor.

Faltava nesse raciocínio o que havia em abundância no precedente: lógica. Como é que Klima poderia estar tão vivamente apaixonado pela enfermeira, se estava evitando encontrá-la havia dois meses? Mas o contrabaixista afirmava que os apaixonados sempre têm um comportamento ilógico e que não havia nada mais fácil do que, de algum modo, explicar isso à moça. Finalmente, todos concordaram que esse terceiro método era provavelmente o mais satisfatório, pois apelava para o sentimento de amor da moça, única certeza relativa nas presentes circunstâncias.

6

Saíram do teatro e separaram-se na esquina, mas o guitarrista acompanhou Klima até a porta de casa. Era o único que desaprovava o plano proposto. Na verdade, esse plano parecia-lhe indigno do chefe que venerava.

— Quando for encontrar uma mulher, não se esqueça de levar o chicote! — dizia ele, citando Nietzsche, de quem conhecia, das obras completas, apenas essa única frase.

— Garoto — lamentou-se Klima —, o chicote está com ela.

O guitarrista propôs a Klima acompanhá-lo de carro até a estação de águas, atrair a moça para a estrada e atropelá-la.

— Ninguém vai poder provar que ela não se precipitou por conta própria embaixo das minhas rodas.

O guitarrista era o mais jovem músico da orquestra, gostava muito de Klima, que ficou emocionado com suas palavras.

— Você é extremamente gentil — disse ele.

O guitarrista expôs seu plano em detalhes, com o rosto em fogo.

— Você é extremamente gentil, mas isso não é possível — disse Klima.

— Porque você está hesitando, ela é uma ordinária!

— Você é realmente muito gentil, mas isso não é possível — disse Klima e despediu-se do guitarrista.

7

Quando ficou só, pensou na proposta do rapaz e nas razões que o levavam a recusá-la. Não que fosse mais generoso que o guitarrista, mas sim porque era menos corajoso. O medo de ser acusado de cúmplice de um assassinato era tão grande quanto o medo de ser declarado pai. Ele viu o carro derrubar Ruzena, viu-a estendida na estrada numa poça de sangue e sentiu um alívio efêmero que o encheu de bem-estar. Mas sabia que de nada adianta abandonar-se às miragens das ilusões. E tinha, agora, uma grave preocupação. Pensava em sua mulher. Meu Deus, amanhã é dia do seu aniversário!

Faltavam poucos minutos para as seis, e as lojas fechavam às seis horas em ponto. Ele entrou às pressas numa loja de flores para comprar um gigantesco buquê de rosas. Que dolorosa noite de aniversário o esperava! Seria preciso fingir estar ao lado dela, com o coração e com o pensamento; seria preciso se dedicar a ela, mostrar-se terno, diverti-la, rir com ela e, durante todo esse tempo, não deixaria de pensar um segundo num ventre distante. Faria um esforço para dizer palavras amáveis, mas seu espírito estaria longe, aprisionado na obscura célula dessas entranhas desconhecidas.

Compreendeu que estaria acima de suas forças esse aniversário em casa e decidiu não adiar mais o momento de encontrar Ruzena.

Mas essa tampouco era uma perspectiva agradável. A estação de águas, no meio das montanhas, parecia-lhe um deserto. Não conhecia ninguém ali. Com exceção, talvez, daquele curista americano que se comportava como os ricos burgueses de antigamente e que, depois do concerto, tinha convidado toda a orquestra para ir ao apartamento que ocupava no hotel. Oferecera a todos bebidas excelentes e mulheres escolhidas entre as funcionárias da estação de águas, de modo que ele era indiretamente responsável pelo que acontecera depois entre Ruzena e Klima. Ah, tomara que esse homem, que lhe manifestara uma simpatia sem reserva, ainda se encontre na estação de águas! Klima agarrou-se à sua imagem como a uma tábua de salvação, pois, em momentos como aquele que estava vivendo, não há nada que um homem precise tanto quanto a compreensão amiga de um outro homem.

Voltou para o teatro e parou na guarita do zelador. Pediu um interurbano. Pouco depois, ouviu a voz de Ruzena no aparelho. Disse que iria vê-la no dia seguinte. Não fez uma única alusão à notícia que tinha recebido algumas horas antes. Falou como se fossem amantes despreocupados.

Entre duas frases, perguntou:

— O americano ainda está aí?

— Sim! — disse Ruzena.

Sentindo-se aliviado, repetiu, num tom um pouco mais desenvolto, que estava feliz em poder revê-la.

— Como você está vestida? — perguntou em seguida.

— Por quê?

Era um artifício que usava com sucesso havia muitos anos nas suas brincadeiras telefônicas:

— Quero saber como é que você está vestida agora. Quero poder imaginar você.

— Estou com um vestido vermelho.

— O vermelho deve ficar muito bem em você.

— É possível — disse ela.

— E por baixo da roupa?

Ela riu. É, todas elas riam quando ele fazia esta pergunta.

— De que cor é a sua calcinha?

— Vermelha também.

— Gosto de imaginar você com ela — disse, desligando.

Achou que tinha encontrado o tom certo. Por um instante, sentiu-se melhor. Mas apenas por um instante. Na verdade, tinha acabado de compreender que estava impossibilitado de pensar em outra coisa que não fosse Ruzena e que precisava, naquela noite, limitar ao mínimo possível a conversa com sua mulher. Parou na bilheteria de um cinema onde passava um bangue-bangue americano e comprou dois ingressos.

8

Se bem que aparentasse ser muito mais bonita do que doente, Kamila Klima, ainda assim, era doente. Por causa de sua saúde frágil, fora obrigada, alguns anos antes, a renunciar à carreira de cantora que a conduzira aos braços do atual marido.

Essa bela mulher, que costumava ser sempre admirada, teve sua vida invadida inesperadamente pelo cheiro de formol do hospital. Parecia-lhe que entre o universo do marido e o seu se estendia uma cadeia de montanhas.

Quando Klima via seu rosto triste, sentia o coração dilacerar e estendia, na direção dela (através dessa cadeia de montanhas fictícias), suas mãos amorosas. Kamila compreendeu que havia na sua tristeza uma força que nunca antes suspeitara ter, e que atraía Klima, enternecia-o, e fazia seus olhos se encherem de lágrimas. É fácil compreender que tenha começado a usar (inconscientemente talvez, mas cada vez com mais frequência) este instrumento descoberto inopinadamente. Pois era somente quando ele detinha os olhos em seu rosto tristonho que ela podia ficar mais ou menos certa de que nenhuma outra rivalizava com ela na cabeça de Klima.

Essa mulher tão bela na realidade tinha medo das mulheres e as via por toda parte. Nunca, em lugar nenhum, elas lhe escapavam. Sabia descobri-las na entonação de Klima quando ele lhe dizia boa-noite ao entrar em casa. Sabia seguir o rastro delas pelo cheiro de suas roupas. Recentemente tinha encontrado um pedaço de papel arrancado de um jornal; nele havia uma data escrita com a letra de Klima. Sem dúvida, poderia se tratar dos acontecimentos mais diversos, o ensaio de um concerto, o encontro com um empresário, mas durante todo o mês ela não parou de se perguntar que mulher Klima iria encontrar naquele dia, e durante todo o mês dormiu mal.

Se o mundo pérfido das mulheres assustava-a a tal ponto, não poderia ela encontrar algum conforto no mundo dos homens?

Dificilmente. O ciúme possui o poder espantoso de iluminar o ser amado com raios intensos e de manter a multidão dos outros homens numa total obscuridade. O pensamento da senhora Klima só podia seguir a direção desses raios dolorosos, e seu marido tornara-se o único homem do universo.

Neste momento acabava de ouvir a chave na porta e via o trompetista com um buquê de rosas.

Primeiro sentiu prazer, mas logo depois as dúvidas começaram: por que ele estaria trazendo-lhe flores esta noite se seu aniversário era no dia seguinte? O que isto poderia significar?

Ela recebeu-o dizendo:

— Você não vai estar aqui amanhã?

9

O fato de ter-lhe trazido rosas esta noite não significa, necessariamente, que ele vá se ausentar amanhã. Mas as antenas desconfiadas, eternamente vigilantes, eternamente ciumentas, sabem adivinhar, bem antecipadamente, a menor intenção oculta do marido. Cada vez que Klima percebe a existência dessas terríveis antenas que o desnudam, o espionam, o desmascaram, sucumbe a uma desesperante sensação de cansaço. Ele detesta essas antenas: está persuadido de que, se o seu casamento está ameaçado, é por causa delas. Ele sempre teve certeza (e nesse ponto tem a consciência agressivamente tranquila) de que se chega a mentir para a mulher é unicamente por que quer poupá-la, protegê-la de todo aborrecimento, e que é ela, com sua desconfiança, que causa o próprio sofrimento.

Olhava seu rosto e nele lia a desconfiança, a tristeza e o mau humor. Teve vontade de jogar no chão o buquê de rosas, mas controlou-se. Sabia que nos próximos dias precisaria se controlar em situações muito mais difíceis.

— Será que desagrada a você que eu tenha trazido flores esta noite?

Sentindo a irritação na sua voz, a mulher agradeceu e foi pôr as flores num vaso.

— Esse socialismo fodido! — disse Klima em seguida.

— Por quê?

— Veja só, eles nos obrigam a tocar todo o tempo de graça. Uma vez é em nome da luta contra o imperialismo; outra vez é para comemorar a revolução; uma outra ainda é para o aniversário de um alto funcionário, e se não quiser que eles acabem com a orquestra, sou obrigado a aceitar tudo. Você nem pode imaginar como já me aborreci hoje.

— Com o quê? — disse ela, sem interesse.

— Durante o ensaio, recebemos a visita da presidente de uma comissão do Conselho Municipal, e ela começou a nos explicar o que devíamos e o que não devíamos tocar, e por fim nos obrigou a organizar, gratuitamente, um concerto para a União da Juventude. Mas o pior é que amanhã eu tenho que passar o dia inteiro numa grotesca conferência em que vão nos falar do papel da música na construção do socialismo. Mais um dia perdido, totalmente perdido! Justamente o dia do seu aniversário!

— Mas eles não vão prender você até de noite!

— Na certa, não. Mas você pode ver, por aí, em que estado vou voltar para casa! Pensei que podíamos passar umas horas tranquilas esta noite — disse ele, segurando as duas mãos de sua mulher.

— Você é um amor — disse Kamila, e Klima compreendeu, pelo tom de sua voz, que ela não acreditava numa só palavra do que ele acabara de dizer sobre a conferência do dia seguinte. Kamila não ousava, evidentemente, lhe mostrar que ela não acreditava. Sabia que sua desconfiança iria enfurecê-lo. Mas Klima havia muito tempo tinha deixado de acreditar na credulidade da mulher. Dissesse a verdade ou mentisse, desconfiaria sempre que ela iria desconfiar dele. Portanto, a sorte estava lançada, e ele devia continuar sua jogada, fingindo acreditar que ela acreditava nele, e ela (com o rosto triste e distante) perguntava sobre a conferência do dia seguinte para mostrar-lhe que não duvidava da sua veracidade.

Depois ela foi para a cozinha preparar o jantar. Colocou sal demais. Ela cozinhava sempre com prazer, e muito bem (a vida não a desiludira e ela não perdera o hábito de se ocupar de sua casa), e Klima sabia que se nessa noite o jantar não estava bom, era unicamente porque ela estava atormentada. Em pensamento ele a via pôr nos alimentos, com um gesto doloroso, violento, uma dose excessiva de sal, e seu coração se apertava. Parecia-lhe reconhecer, nas garfadas muito salgadas, o sabor das lágrimas de Kamila, e era sua própria culpa que engolia. Sabia que Kamila era torturada pelo ciúme, sabia que ela iria passar mais uma noite sem sono e tinha vontade de acariciá-la, de abraçá-la, de consolá-la, mas compreendia no mesmo instante que seria inútil porque, nessa ternura, as antenas de sua mulher encontrariam apenas a prova de seu sentimento de culpa.

Finalmente foram ao cinema. Klima experimentava certo consolo no espetáculo do herói que via na tela, escapando de arriscados perigos com uma segurança contagiosa. Imaginava-se na pessoa dele e algumas vezes achava que convencer Ruzena a abortar era uma bobagem que conseguiria num passe de mágica, graças a seu charme e sua boa estrela.

Depois estenderam-se lado a lado na cama. Olhou-a. Ela estava deitada de costas, a cabeça enfiada no travesseiro, o queixo levemente levantado e os olhos fixos no teto, e nessa tensão extrema de seu corpo (ela sempre fazia com que ele pensasse na corda de um instrumento de música, ele dizia que Kamila tinha "a alma de uma corda") ele via de repente, num só instante, toda a sua essência. É, acontecia algumas vezes (eram momentos milagrosos) isso de ele captar de repente, em um único gesto ou movimento dela, toda a história de seu corpo e de sua alma. Eram instantes de lucidez absoluta, mas também de emoção absoluta; pois essa mulher o amara quando ele ainda não era nada, dispusera-se a sacrificar tudo por ele, compreendia cegamente todos os seus pensamentos, de modo que ele podia falar com ela sobre Armstrong ou Stravinski, de coisas banais ou graves. Ela era para ele o mais próximo de todos os seres humanos... Depois, imaginou que esse corpo adorável, esse rosto adorável estavam mortos, e sentiu que não poderia sobreviver a ela nem um só dia. Sabia que era capaz de protegê-la até seu último suspiro, que era capaz de dar a vida por ela.

Mas essa sensação de amor sufocante era apenas uma luz fraca e efêmera, pois seu espírito estava todo possuído pela angústia e pelo medo. Estava estendido ao lado de Kamila, sabia que a amava infinitamente, mas estava mentalmente ausente. Acariciava-lhe o rosto como se a acariciasse de uma distância incomensurável, de várias centenas de quilômetros.

SEGUNDO DIA

1

Eram cerca de nove horas da manhã quando um elegante carro branco parou no estacionamento nos arredores da estação de águas (os carros não tinham permissão de ir adiante) e Klima desceu.

No centro da rua principal da estação de águas estendia-se um jardim público retangular, com árvores espaçadas, seu gramado, suas aleias de areia e seus bancos coloridos. De cada lado erguiam-se os prédios do centro termal, e entre eles o pavilhão Karl Marx, onde na outra noite o trompetista tinha passado as duas horas fatais no pequeno quarto da enfermeira Ruzena. Em frente ao pavilhão Karl Marx, do outro lado do jardim público, erguia-se o mais belo edifício da estação, um imóvel em estilo *art nouveau* do começo do século, coberto de adornos de estuque e com a entrada arrematada por um mosaico. O único que tivera o privilégio de poder conservar inalterado seu nome de origem: hotel Richmond.

— O senhor Bertlef ainda está no hotel? — perguntou Klima ao porteiro, e, tendo obtido uma resposta afirmativa, subiu correndo pelo tapete vermelho até o primeiro andar e bateu numa porta.

Ao entrar viu Bertlef, que vinha ao seu encontro de pijama. Desculpou-se, constrangido, de sua visita inopinada, mas Bertlef interrompeu-o:

— Meu amigo! Não se desculpe! Você acaba de me dar o maior prazer que alguém já me deu aqui nessas horas matinais.

Apertou a mão de Klima e continuou:

— Neste país, as pessoas não respeitam a manhã. São acordadas brutalmente por um despertador que interrompe seu sono com uma machadada e entregam-se logo a uma pressa funesta. Você pode me dizer que espécie de dia vai ser esse que começou com tamanho ato de violência? O que pode acontecer com pessoas às quais o despertador administra diariamente um pequeno choque elétrico? Acostumam-se a cada dia com a violência e desaprendem a cada dia o prazer. Creia-me, são essas manhãs que decidem o temperamento de um homem.

Bertlef segurou delicadamente Klima pelos ombros, fazendo-o sentar numa poltrona, e prosseguiu:

— E pensar que gosto tanto dessas horas matinais ociosas que atravesso lentamente, tal uma ponte ornamentada de estátuas, passando da noite à manhã, do sono à vida desperta. É o momento do dia em que ficaria muito reconhecido por um pequeno milagre, por um encontro inesperado que iria me persuadir de que os sonhos da minha noite continuam e que a aventura do sono e a aventura do dia não estão separados por um precipício.

O trompetista observava Bertlef, que andava pelo quarto vestido com seu pijama, passando uma das mãos nos cabelos grisalhos, e percebia em sua voz sonora um indisfarçável sotaque americano e em seu vocabulário alguma coisa de deliciosamente antiquado, o que era facilmente explicável por Bertlef nunca ter vivido em seu país de origem e porque só a tradição familiar havia lhe ensinado sua língua materna.

— E ninguém, meu amigo — explicava ele agora, voltando-se para Klima com um sorriso confiante —, ninguém nesta estação de águas pode me compreender. Até mesmo as enfermeiras, a não ser as mais simpáticas, exibem com um ar indignado quando as convido para ficar comigo nos agradáveis momentos do meu café da manhã, de modo que tenho que adiar todos os encontros para a noite, justamente para uma hora em que já estou até um pouco cansado.

Em seguida aproximou-se da mesinha do telefone e perguntou:

— Quando é que você chegou?

— Hoje de manhã — disse Klima. — Vim de carro.

— Com certeza você está com fome — disse Bertlef, e levantou o telefone. Pediu café da manhã para dois.

— Quatro ovos *pochés*, queijo, manteiga, *croissants*, leite, presunto e chá.

Enquanto isso Klima examinava a sala. Uma grande mesa redonda, cadeiras, uma poltrona, um espelho, dois sofás, uma porta que dava para o banheiro e para um outro quarto onde, lembrava-se, ficava o pequeno quarto de Bertlef. Foi ali, naquele luxuoso apartamento, que tudo começou. Para lá é que foram os músicos de sua orquestra, bêbados, convidados pelo rico americano, junto com algumas enfermeiras para distraí-los.

— É — disse Bertlef —, o quadro que você está olhando não estava aqui da última vez.

Só nesse momento é que o trompetista reparou numa tela que mostrava um homem barbudo cuja cabeça era rodeada por um estranho círculo azul-claro e que segurava na mão um pincel e uma palheta. O quadro parecia desajeitado, mas o trompetista sabia que muitos quadros que parecem desajeitados são obras célebres.

— Quem pintou este quadro?

— Eu — respondeu Bertlef.

— Não sabia que você pintava.

— Gosto muito de pintar.

— E quem é esse? — encorajou o trompetista.

— São Lázaro.

— Como? São Lázaro era pintor?

— Não é o Lázaro da Bíblia, mas são Lázaro, um monge

que vivia no século IX da nossa era em Constantinopla. É meu padroeiro.

— Ah, bom! — disse o trompetista.

— Era um santo muito interessante. Não foi martirizado pelos pagãos porque acreditava em Cristo, mas por cristãos maus porque amava muito a pintura. Talvez você saiba, nos séculos VIII e IX a parte grega da Igreja estava tomada por um rigoroso ascetismo, intolerante em relação a todas as alegrias profanas. Mesmo as pinturas e as estátuas eram consideradas objetos de prazer profano. O imperador Teófilo deu ordem de destruir milhares de belas pinturas e proibiu meu querido Lázaro de pintar. Mas Lázaro sabia que seus quadros glorificavam a Deus e não quis ceder. Teófilo mandou prendê-lo, torturá-lo, exigiu que Lázaro renunciasse aos pincéis, mas Deus era misericordioso e deu-lhe força para suportar suplícios cruéis.

— É uma bela história — disse educadamente o trompetista.

— Esplêndida. Mas certamente não foi para ver meus quadros que você veio até aqui.

Nesse momento bateram na porta e um empregado entrou com uma grande bandeja. Colocou-a sobre a mesa e arrumou o café da manhã para os dois homens.

Bertlef convidou o trompetista para sentar e disse:

— Este café da manhã não tem nada de tão extraordinário que nos impeça de continuar nossa conversa. Diga-me o que o está preocupando.

Foi assim que o trompetista, enquanto mastigava, contou sua desventura, o que levou Bertlef a fazer várias perguntas incisivas em diversos momentos de seu relato.

2

Bertlef queria saber sobretudo por que Klima tinha deixado sem resposta os dois cartões-postais da enfermeira, por que se esquivara do telefonema e por que jamais fizera um único gesto amigável que teria prolongado sua noite de amor de uma forma tranquila e apaziguadora.

Klima reconheceu que seu comportamento não era nem razoável nem cortês. Mas, aparentemente, isso era mais forte do que ele. Sentia horror de qualquer novo contato com a moça.

— Seduzir uma mulher — disse Bertlef descontente — está ao alcance do primeiro imbecil. Mas é preciso também saber romper; é nisso que se reconhece um homem maduro.

— Eu sei — confessou tristemente o trompetista —, mas para mim esta repugnância, este insuperável enjoo são mais fortes do que todas as boas intenções.

— Diga-me — exclamou Bertlef com surpresa —, será você um misógino?

— É o que dizem de mim.

— Mas como é possível? Você não parece nem impotente, nem homossexual.

— Certamente não sou nem uma coisa nem outra. É uma coisa muito pior — confessou melancolicamente o trompetista. — Amo minha mulher. É meu segredo erótico que a maioria das pessoas acha inteiramente incompreensível.

Era uma confissão tão comovente que os dois homens fizeram um minuto de silêncio. Depois o trompetista continuou:

— Ninguém compreende, e minha mulher menos do que qualquer outra pessoa. Ela imagina que um grande amor nos faz renunciar às aventuras. Mas é um erro. Alguma coisa me empurra a todo momento para uma outra mulher; no entanto, a partir do momento em que a possuo, sou arrancado dela por uma poderosa mola que me lança para perto de Kamila. Algumas vezes tenho a impressão de que, se procuro outras mulheres, é unicamente por causa dessa mola, desse impulso e desse voo esplêndido (cheio de ternura, de desejo e de humildade) que me traz de volta para minha própria mulher, a quem amo cada vez mais depois de cada nova infidelidade.

— De modo que a enfermeira Ruzena só foi para você a confirmação do seu amor monogâmico?

— Sim — disse o trompetista. — E uma confirmação extremamente agradável. Pois a enfermeira Ruzena tem um grande charme à primeira vista, e é também muito vantajoso que esse charme se esgote totalmente depois de duas horas, o que faz com que nada me anime a perseverar e que a mola me lance numa esplêndida trajetória de volta.

— Caro amigo, um amor excessivo é um amor culpado, e você é, sem dúvida, a melhor prova disso.

— Eu achava que o meu amor por minha mulher era a única coisa boa que existia em mim.

— E você estava enganado. O amor excessivo que você dedica à sua mulher não é o polo oposto e compensador da sua insensibilidade, ele é a sua razão mesma. Do momento em que sua mulher é tudo para você, todas as outras não são nada; melhor dizendo, para você, são putas. Mas é uma grande blasfêmia e um grande desprezo por criaturas de Deus. Meu caro amigo, essa espécie de amor é uma heresia.

3

Bertlef afastou sua xícara vazia, levantou-se da mesa e foi para o banheiro, de onde Klima primeiro escutou o barulho de água corrente e, depois de um momento, a voz de Bertlef:

— Você acha que temos o direito de matar uma criança que ainda não nasceu?

Ainda há pouco, ao ver o retrato do barbudo com auréola, ficara desconcertado. Tinha guardado de Bertlef a lembrança de um *bon vivant* jovial, e nunca iria lhe ocorrer que aquele homem pudesse ser um crente. Sentiu o coração apertar com a ideia de que iria ouvir uma lição de moral e que seu único oásis no deserto daquela estação de águas iria cobrir-se de areia. Respondeu com voz estrangulada:

— Você é desses que chamam isso de assassinato?

Bertlef demorava a responder. Finalmente saiu do banheiro, de terno e cuidadosamente penteado.

— Assassinato soa um pouco demais como cadeira elétrica — disse ele. — Não é isso que quero dizer. Sabe, estou convencido de que é preciso aceitar a vida tal qual ela nos é oferecida. É o primeiro mandamento, antes do decálogo. Todos os acontecimentos estão nas mãos de Deus e não sabemos nada do futuro deles. Quero dizer com isso que aceitar a vida como ela nos é oferecida é aceitar o imprevisível. Uma criança é a quintessência do imprevisível. Uma criança é a própria imprevisibilidade. Você não sabe o que ela irá se tornar, o que ela irá lhe trazer; e justamente por isso é que é preciso aceitá-la. Senão você vive apenas pela metade, vive como quem não sabe nadar e se debate perto da margem, se bem que o oceano só é verdadeiramente oceano quando perdemos o pé.

O trompetista esclareceu que o filho não era dele.

— Admitamos isso — disse Bertlef. — Só que, reconheça francamente, você insistiria da mesma forma com Ruzena para convencê-la a abortar se o filho fosse seu. Faria isso por causa de sua mulher e do amor culpado que sente por ela.

— É, reconheço — disse o trompetista. — Eu a obrigaria a abortar em qualquer circunstância.

Bertlef estava encostado na porta do banheiro e sorria:

— Compreendo e não vou tentar fazer você mudar de opinião. Estou muito velho para mudar o mundo. Disse o que pensava e é tudo. Continuarei seu amigo mesmo se você agir contra minhas convicções, e vou ajudá-lo mesmo que o desaprove.

O trompetista observava Bertlef, que acabava de pronunciar esta última frase com a voz de veludo de um sábio pregador. Achou-o admirável. Tinha a sensação de que tudo aquilo que Bertlef dizia podia ser uma lenda, uma parábola, um exemplo, um capítulo tirado de um evangelho moderno. Sentia vontade (compreendamos, estava emocionado e predisposto a gestos excessivos) de inclinar-se diante dele.

— Vou ajudá-lo da melhor forma que puder — continuou Bertlef. — Daqui a pouco iremos encontrar meu amigo, o doutor Skreta, que cuidará para você do aspecto médico do problema. Mas me explique, como é que você vai levar Ruzena a tomar uma decisão que a repugna?

4

Quando o trompetista expôs seu plano, Bertlef disse:

— Isso me lembra uma história que aconteceu comigo no tempo da minha juventude aventureira, quando trabalhava como carregador no porto, onde uma moça nos levava comida. Ela tinha um coração excepcionalmente bom e não sabia recusar nada a ninguém. Ah, essa bondade de coração (e de corpo) torna os homens mais brutais do que agradecidos, de maneira que eu era o único a tratá-la com atenção respeitosa, como também o único que nunca dormira com ela. Por causa de minha gentileza, ela se apaixonou por mim. Eu a faria sofrer e a humilharia se não dormisse com ela. Mas isso aconteceu apenas uma vez e logo expliquei a ela que continuava amando-a com um grande amor espiritual, mas que não poderíamos mais ser amantes. Ela explodiu em soluços, foi embora correndo, deixou de me cumprimentar e se entregou mais ostensivamente ainda a todos os outros. Mais de dois meses se passaram e ela me anunciou que estava grávida de um filho meu.

— Você já esteve na mesma situação que a minha?

— Ah, meu amigo, você não sabe que o que nos acontece é o destino comum de todos os homens do universo?

— E o que é que você fez?

— Comportei-me exatamente como você espera se comportar, mas com uma diferença. Você quer fingir que ama Ruzena, enquanto eu amava realmente aquela moça. Via diante de mim uma pobre criatura, humilhada e ofendida por todos, uma pobre criatura a quem apenas uma pessoa no mundo manifestara gentileza, e essa gentileza ela não queria perder. Compreendia que ela me amava e não conseguia ficar com raiva dela mesmo se ela mostrava isso como podia, com os meios que lhe oferecia sua baixeza inocente. Escute o que eu disse a ela: "Sei muito bem que você está grávida de um outro. Mas sei também que você está usando dessa mentira por amor e quero pagar seu amor com amor. Pouco me importa de quem é a criança, se você quiser, caso com você".

— Que loucura!

— Mas sem dúvida mais eficaz do que sua manobra cuidadosamente preparada. Quando repeti muitas vezes para a putinha que a amava e queria me casar com ela e ficar com o filho, ela irrompeu em lágrimas e confessou que tinha me enganado. Diante de minha bondade, ela tinha compreendido, disse ela, que não era digna de mim e que não poderia nunca se casar comigo.

O trompetista permaneceu calado, sonhador, e Bertlef acrescentou:

— Ficarei contente se esta história puder lhe servir de parábola. Não tente fazer com que Ruzena acredite que você a ama, mas tente amá-la verdadeiramente. Tente sentir piedade dela. Mas se ela tentar enganá-lo, procure ver nessa mentira uma forma de amor. Tenho certeza de que depois ela não resistirá à força da sua bondade e que tomará, por conta própria, todas as providências para não prejudicá-lo.

As palavras de Bertlef produziram um grande efeito sobre o trompetista. Mas assim que imaginou Ruzena com maior precisão, compreendeu que o caminho do amor que Bertlef estava lhe sugerindo era impraticável para ele; que era o caminho dos santos e não o caminho dos homens comuns.

5

Ruzena estava sentada numa pequena mesa, na grande sala do estabelecimento de banhos onde as mulheres, depois do tratamento, descansavam em camas enfileiradas ao longo das paredes. Acabara de receber os cartões de duas pacientes novas. Escreveu neles a data, devolveu às mulheres as chaves de seus vestiários, uma toalha e um grande lençol branco. Depois olhou o relógio e dirigiu-se para a sala dos fundos (usava apenas uma blusa branca diretamente sobre a pele, pois as salas de azulejo ficavam cheias de um vapor abrasador) em direção à piscina, onde umas vinte mulheres nuas patinhavam na água da fonte milagrosa. Chamou três delas pelo nome para avisar que o tempo previsto para os banhos estava esgotado. As senhoras saíram docilmente da piscina, sacudiram seus grandes seios que pingavam água e seguiram Ruzena que as levou de volta para as camas onde se deitaram. Cobriu-as uma a uma com o lençol, enxugou-lhes os olhos com as pontas do tecido e enrolou-as ainda numa coberta aquecida. As senhoras sorriam para ela, mas Ruzena não lhes retribuía o sorriso.

Certamente não é agradável nascer numa pequena cidade por onde passam, a cada ano, dez mil mulheres, mas aonde não vem praticamente um só homem jovem; ali uma mulher pode ter, desde a idade de quinze anos, uma ideia precisa de todas as possibilidades eróticas que lhe serão oferecidas por toda a vida se ela não mudar de residência. Mas como mudar de residência? O estabelecimento em que trabalhava não tomava a iniciativa de dispensar os serviços de seu pessoal, e os pais de Ruzena protestavam vivamente sempre que ela mencionava uma mudança.

Não, resumindo, essa moça que se esforçava para cumprir cuidadosamente suas obrigações profissionais, não sentia o menor amor pelos curistas. Podemos encontrar para isso três razões:

A inveja: essas mulheres iam para lá deixando maridos ou amantes para trás, um universo que ela imaginava repleto de mil possibilidades que lhe eram inacessíveis, se bem que tivesse seios mais bonitos, pernas mais longas e traços mais regulares.

Além da inveja, a impaciência: essas mulheres chegavam com seus destinos distantes, e ela ali sem destino, o mesmo no ano passado e neste ano; assustava-se com a ideia de que vivia nessa pequena cidade uma existência sem acontecimentos e, apesar de sua juventude, pensava sem parar que a vida estava escapando sem que ela tivesse começado a viver.

Terceiro, havia a repugnância instintiva inspirada por aquela multidão que diminuía o valor de qualquer mulher como indivíduo. Estava rodeada de uma triste inflação de peitos femininos na qual mesmo um peito tão bonito como o seu perdia o valor.

Sem sorrir, acabava de enrolar a última das três mulheres, quando sua colega magra pôs a cabeça na sala e gritou:

— Ruzena, telefone!

Ela estava com uma expressão tão solene que Ruzena

percebeu imediatamente quem estava ao telefone. Com o rosto vermelho, correu para atrás das cabines, levantou o telefone e disse seu nome.

Klima identificou-se e perguntou quando ela teria tempo de vê-lo.

— Acabo meu trabalho às três horas. Podemos nos ver às quatro.

Era preciso marcar o lugar do encontro. Ruzena propôs a grande cervejaria da estação, que ficava aberta o dia todo. A magra, que tinha ficado ao lado dela e não tirava os olhos de seus lábios, fez um sinal de aprovação com a cabeça. O trompetista respondeu que preferia ver Ruzena num lugar em que pudessem ficar sozinhos e propôs levá-la de carro para longe das termas.

— Nem pense nisso. Aonde você quer ir? — disse Ruzena.

— Onde possamos ficar sozinhos.

— Se você tem vergonha de mim não vale a pena vir — disse Ruzena, e sua colega aprovou.

— Não foi isso que eu quis dizer — disse Klima. — Espero você às quatro horas em frente à cervejaria.

— Perfeito — disse a magra quando Ruzena desligou o telefone. — Ele queria ver você em lugar escondido, mas é preciso que você dê um jeito para que sejam vistos pelo maior número possível de pessoas.

Ruzena ainda estava muito nervosa e com medo desse encontro. Nem era mais capaz de imaginar Klima. Como era seu físico, seu sorriso, sua postura? Do único encontro que tiveram, só lhe restara uma vaga lembrança. Na época suas colegas a tinham pressionado com perguntas sobre o trompetista, queriam saber como ele era, o que dizia, como era quando nu, como fazia amor. Mas ela era incapaz de dizer o que fosse e se contentou em repetir que foi "como um sonho".

Não era um simples clichê: o homem com o qual ela passara duas horas na cama tinha descido dos cartazes para encontrá-la. Por um momento sua fotografia tinha adquirido uma realidade tridimensional, calor e peso, para depois voltar a ser uma imagem imaterial e incolor, reproduzida em milhares de exemplares e ainda mais abstrata e irreal.

E por ele ter escapado tão rapidamente para voltar à sua representação gráfica, guardou um sentimento desagradável da sua perfeição. Não podia se agarrar a um só detalhe que o depreciasse e o tornasse mais próximo. Quando ele estava longe, ela ficava cheia de uma enérgica combatividade; mas agora que sentia sua presença, a coragem a abandonava.

— Aguenta firme — disse a magra. — Vou ficar com os dedos cruzados.

6

Quando Klima terminou sua conversa com Ruzena, Bertlef pegou-o pelo braço e levou-o ao pavilhão Karl Marx, onde o dr. Skreta morava e tinha consultório. Havia muitas mulheres sentadas na sala de espera, mas Bertlef, sem hesitar, deu quatro batidas curtas na porta do consultório. No fim de um minuto, apareceu um tipo grandalhão com jaleco branco, de óculos e narigão.

— Um momento, por favor — disse ele para as mulheres sentadas na sala de espera, e levou os homens pelo corredor e de lá para seu apartamento que ficava no andar de cima.

— Como vai, mestre? — disse ele dirigindo-se ao trompetista, quando os três sentaram. Quando é que vai dar um outro concerto aqui?

— Nunca mais na minha vida — respondeu Klima —, porque esta estação de águas me traz má sorte.

Bertlef explicou ao dr. Skreta o que tinha acontecido ao trompetista, depois Klima acrescentou:

— Gostaria de pedir sua ajuda. Primeiro, queria saber se ela está realmente grávida. Talvez seja apenas um atraso. Ou ela está fazendo fita. Já me aconteceu uma vez. Também era uma loira.

— Nunca se deve começar nada com uma loira — disse o dr. Skreta.

— É — concordou Klima —, as loiras são minha perdição. Doutor, foi horrível da outra vez. Fiz com que ela fosse examinada por um médico. Só que, bem no começo de uma gravidez, ainda não se pode saber nada com certeza. Exigi que fizessem nela o teste do rato. Injeta-se urina numa ratazana, e se os ovários dela incharem...

— A mulher está grávida... — completou o dr. Skreta.

— Ela trouxe a urina da manhã num vidro, eu estava com ela, mas deixou o frasco cair na calçada em frente à policlínica. Me atirei sobre os cacos para salvar pelo menos algumas gotas! Quem me visse pensaria que ela tinha deixado cair o Santo Graal. Ela deixou cair o vidro de propósito porque sabia que não estava grávida e queria prolongar o meu suplício o maior tempo possível.

— Comportamento típico de loira — disse o dr. Skreta sem se surpreender.

— Você acha que existe uma diferença entre as loiras e as morenas? — disse Bertlef, visivelmente cético em relação à experiência feminina do dr. Skreta.

— Acredito! — disse o dr. Skreta. — Os cabelos loiros e os cabelos pretos são os dois polos da natureza humana. Os cabelos pretos representam a virilidade, a coragem, a franqueza, a ação, enquanto os cabelos loiros simbolizam a feminilidade, a ternura, a fraqueza e a passividade. Portanto, uma loira é na realidade duplamente feminina. Uma princesa não pode deixar de ser loira. É também por essa razão que as mulheres, para serem femininas o máximo possível, pintam os cabelos de loiro e nunca de preto.

— Fico muito curioso em saber como é que os pigmentos exercem influência sobre a alma humana — disse Bertlef em tom interrogativo.

— Não se trata dos pigmentos. Uma loira se adapta inconscientemente a seus cabelos. Sobretudo se essa loira é uma morena que se tingiu de loira. Ela quer ser fiel à sua cor e se comporta como um ser frágil, como uma boneca frívola que exige ternura e serviços, galanteria e uma pensão alimentar, ela é incapaz de fazer o que quer que seja por conta própria, por fora toda delicadeza e por dentro toda grosseria. Se os cabelos pretos se tornassem uma moda universal, seguramente viveríamos melhor neste mundo. Seria a reforma social mais útil que se poderia fazer.

— Portanto, é bem possível que Ruzena também esteja fazendo teatro — interrompeu Klima, procurando nas palavras do dr. Skreta um motivo de esperança.

— Não. Eu a examinei ontem. Ela está grávida — disse o médico.

Bertlef observou que o trompetista estava lívido e disse:

— Doutor, é você quem vai presidir a comissão responsável pelos abortos.

— Sim — disse o dr. Skreta. — Nós vamos nos reunir sexta-feira próxima.

— Perfeito — disse Bertlef. — Não há tempo a perder, porque os nervos do nosso amigo podem não resistir. Sei que neste país vocês não autorizam facilmente os abortos.

— Nada facilmente — disse o dr. Skreta. — Estão comigo nesta comissão duas senhoras que representam o poder popular. Elas são terrivelmente feias e odeiam todas as mulheres que vêm nos procurar. Vocês sabem quem são as mais violentas misóginas daqui? As mulheres. Senhores, nem um só homem, nem mesmo o senhor Klima, responsabilizado pela gravidez de duas mulheres, jamais sentiu pelas mulheres tanto ódio quanto as próprias mulheres em relação a seu próprio sexo. Por que vocês pensam que elas se esforçam por nos seduzir? Unicamente para poder desafiar e humilhar suas semelhantes. Deus inculcou no coração das mulheres a raiva em relação às outras mulheres porque queria que o gênero humano se multiplicasse.

— Perdoo suas opiniões — disse Bertlef — porque quero voltar ao caso do nosso amigo. Afinal, é você que decide nessa comissão, e essas horríveis mulheres fazem o que você diz.

— Sem dúvida sou eu que decido, mas de qualquer maneira não quero me ocupar disso. Isso não me dá nem um tostão. Você, por exemplo, mestre, quanto ganha num só concerto?

A quantia que Klima mencionou cativou o dr. Skreta:

— Penso muitas vezes — disse ele — que eu deveria completar meu mês fazendo música. Não sou mau na bateria.

— O senhor toca bateria? — perguntou Klima, demonstrando um interesse forçado.

— Sim — disse o dr. Skreta. — Temos um piano e uma bateria na casa do povo. Toco bateria nos meus momentos de lazer.

— Que maravilha! — exclamou o trompetista, feliz com a oportunidade de elogiar o médico.

— Mas não tenho parceiros para formar uma verdadeira banda. É só o farmacêutico que toca piano direitinho. Já tentamos várias vezes — interrompeu-se e parecia refletir.

— Escutem! Quando Ruzena se apresentar perante a comissão...

Klima deu um suspiro profundo.

— Se ao menos ela vier...

O dr. Skreta teve um gesto de impaciência:

— Ela terá prazer em vir, como as outras. Mas a comissão exige que o pai se apresente também, e você terá que acompanhá-la. E para que você não venha aqui somente por causa dessa bobagem, poderia chegar de véspera e daríamos um concerto à noite. Um trompete, um piano, uma bateria. *Tres faciunt orchestrum*. Com seu nome no cartaz, teremos a casa cheia. O que acha da ideia?

Klima era sempre muito cuidadoso com a qualidade técnica de seus concertos e, dois dias antes, a proposta do médico lhe pareceria totalmente descabida. Mas agora só se interessava pelas entranhas de uma enfermeira, e respondeu à pergunta do médico com um entusiasmo educado:

— Será ótimo!

— Verdade? Você concorda?

— Evidentemente.

— E você, o que acha? — perguntou Skreta, se dirigindo a Bertlef.

— A ideia me parece excelente. Só não sei como conseguirá preparar tudo em dois dias.

Como resposta, Skreta levantou-se e foi até o telefone. Discou um número, mas ninguém atendeu.

— O mais importante é encomendar os cartazes imediatamente. Infelizmente, a secretária deve ter saído para almoçar — disse. — Para conseguir a sala, é facílimo. A sociedade de educação popular organiza quinta-feira uma reunião sobre o alcoolismo e um dos meus colegas é o conferencista. Ele ficará encantado se eu lhe pedir que se desculpe e não compareça por motivos de saúde. Mas, evidentemente, é preciso que você chegue quinta-feira de manhã para podermos ensaiar os três. Ou você acha que é desnecessário?

— Não, não — disse Klima. — É indispensável. É preciso preparar com antecedência.

— Também concordo — aprovou Skreta. — Vamos tocar para eles o repertório mais eficaz. Sou excelente na bateria no "Saint Louis' blues" e no "When the saints go marching in". Tenho alguns solos prontos, estou curioso em saber a sua opinião. Aliás, tem compromisso hoje à tarde? Não quer que ensaiemos?

— Infelizmente, esta tarde tenho que persuadir Ruzena a consentir na curetagem.

Skreta teve um gesto de impaciência:

— Esqueça isso! Ela vai consentir de bom grado.

— Doutor — disse Klima com um tom de súplica —, é melhor quinta-feira.

Bertlef intercedeu:

— É melhor esperar a quinta-feira. Hoje nosso amigo não vai conseguir se concentrar. Aliás, acho que não trouxe o seu trompete.

— É uma boa razão! — reconheceu Skreta, e conduziu os dois amigos ao restaurante em frente. Mas na rua encontraram a enfermeira de Skreta que suplicou ao médico que voltasse ao consultório. O médico desculpou-se com seus amigos e se deixou levar pela enfermeira ao encontro de suas pacientes estéreis.

7

Fazia mais ou menos seis meses que Ruzena deixara a casa dos pais, que moravam numa cidade vizinha, para se instalar no quartinho do pavilhão Karl Marx. Ela esperava Deus sabe o quê desse quarto independente, mas logo compreendeu que aproveitava seu quarto e sua liberdade de maneira bem menos agradável e em menor intensidade do que sonhara.

Nessa tarde, vindo lá pelas três horas do estabelecimento de banhos, teve a desagradável surpresa de encontrar o pai estendido no divã. Isso a desagradou, pois queria se dedicar inteiramente ao seu guarda-roupa, pentear-se e escolher cuidadosamente o vestido que iria usar.

— O que está fazendo aqui? — perguntou, de mau humor. Teve raiva do porteiro que conhecia seu pai e que sempre lhe abria a porta do quarto quando ela não estava.

— Deram-nos um momento de folga — disse o pai. — Tivemos um exercício na cidade hoje.

Seu pai era membro da Associação de Voluntários da Ordem Pública. Como o corpo médico zombava desses velhos que percorriam as ruas com uma braçadeira na manga e ares importantes, Ruzena tinha vergonha das atividades paternas.

— Se isso te distrai! — resmungou.

— Você devia ficar contente de ter um pai que nunca foge aos seus deveres. Nós, os aposentados, ainda vamos mostrar aos jovens o que sabemos fazer!

Ruzena achou preferível deixá-lo falar, enquanto se concentrava na escolha do vestido. Abriu o armário.

— Eu gostaria de saber o que você sabe fazer — disse.

— Muitas coisas. Esta cidade é uma estação termal internacional, filhinha. É com o que se parece! E as crianças correndo nos gramados!

— E daí? — disse Ruzena, enquanto examinava os vestidos. Nenhum lhe agradava.

— Se fossem apenas as crianças, mas há também os cães! Há muito que o conselho municipal ordenou que os cães só poderiam sair presos na coleira e com uma focinheira! Mas aqui ninguém obedece. Cada um faz o que dá na cabeça. É só olhar o jardim público!

Ruzena tirou um vestido e começou a se despir, oculta pela porta entreaberta do armário.

— Eles mijam em toda parte. Mesmo na areia do pátio. Imagine se uma criança deixar cair seu pão na areia! E depois reclamam que há tantas doenças! Veja, é só olhar — acrescentou o pai, aproximando-se da janela. — Agora mesmo há quatro cães correndo soltos.

Ruzena acabava de aparecer e se olhava no espelho. Mas na parede só tinha um espelho pequeno onde ela se via apenas até a cintura.

— Isso não te interessa, hein? — perguntou o pai.

— Mas claro que me interessa — disse Ruzena, afastando-se do espelho na ponta dos pés para tentar adivinhar como estavam suas pernas com aquele vestido. — Só que, não fique aborrecido, tenho um encontro e estou atrasada.

— Eu só admito cães policiais ou cães de caça — dizia o pai. — Mas não compreendo as pessoas que têm um cachorro em casa. Daqui a pouco as mulheres vão parar de ter filhos e haverá cachorrinhos nos berços!

Ruzena estava descontente com a imagem que o espelho lhe devolvia. Voltou ao armário e começou a procurar um vestido que a favorecesse mais.

— Decidimos que as pessoas só podiam ter cachorro em casa se todos os outros locatários concordassem com isso na reunião do condomínio. Além disso, vamos aumentar os impostos sobre os cachorros.

— Vejo que você tem preocupações importantes — disse Ruzena, e alegrou-se de não morar mais na casa dos pais. Desde a infância, seu pai a repugnava com suas lições de moral e suas reclamações. Tinha sede de um universo em que as pessoas falassem uma língua diferente da dele.

— Não tem nada para rir. Os cachorros são realmente um problema muito grave, e eu não sou o único a pensar assim, as mais altas autoridades políticas também pensam assim. Com certeza esqueceram de perguntar a você o que é importante e o que não é. E claro que você responderia que a coisa mais importante do mundo são suas roupas — disse ele, constatando que a filha se escondia de novo atrás da porta do armário e trocava de roupa.

— Meus vestidos certamente são mais importantes que os seus cachorros — retrucou ela, e mais uma vez ficou nas pontas dos pés em frente ao espelho. E mais uma vez não ficou satisfeita. Mas esse descontentamento em relação a si mesma se transformava lentamente em revolta: pensava com perversidade que o trompetista deveria aceitá-la como era, mesmo com este vestido barato, e sentia com isso uma estranha satisfação.

— É uma questão de higiene — continuava o pai. — Nossas cidades nunca serão limpas enquanto os cachorros fizerem suas porcarias na calçada. É também uma questão de moral. É inadmissível que se possam mimar os cachorros em casas construídas para gente.

Ruzena não tinha dúvida de que alguma coisa estava acontecendo: sua revolta confundia-se, de forma misteriosa e imperceptível, com a indignação do pai. Não sentia mais em relação a ele aquela forte repugnância que há pouco ele lhe inspirava; ao contrário, de suas palavras veementes, inconscientemente ela tirava energia.

— Nunca tivemos cachorro em casa, e isso nunca nos fez falta — disse o pai.

Ela continuava a se olhar no espelho e sentia que sua gravidez dava-lhe uma vantagem sem precedentes. Bonita ou não, o trompetista viajara especialmente para vê-la, e a convidara da maneira mais amável do mundo para irem à cervejaria. Aliás (ela olhou o relógio), neste exato momento já esperava por ela.

— Vamos fazer uma limpeza e tanto, menina, você vai ver só! — disse o pai rindo, e dessa vez ela reagiu com doçura, quase com um sorriso.

— Gosto disso, papai. Mas agora, tenho que ir embora.

— Eu também. O exercício vai começar daqui a pouco.

Saíram juntos do pavilhão Karl Marx e se separaram. Ruzena dirigiu-se lentamente para a cervejaria.

8

Klima nunca conseguiu se identificar inteiramente com seu personagem mundano, de artista em voga que todo o mundo conhecia e, sobretudo nesse momento de preocupações pessoais, sentia isso como uma desvantagem e um estorvo. Quando entrou com Ruzena na sala da cervejaria e viu na parede em frente ao vestiário uma grande fotografia sua em forma de pôster, que ficara ali desde o último concerto, sentiu-se constrangido. Atravessou a sala com a moça, procurando adivinhar maquinalmente entre os clientes aqueles que o reconheciam. Tinha medo dos olhares, imaginava olhos espionando e observando-o por toda parte, ditando-lhe a expressão e o comportamento. Sentia muitos olhares curiosos fixos sobre ele. Fazia esforço para não prestar atenção a eles, e dirigiu-se para o fundo da sala, a uma pequena mesa junto a uma área envidraçada de onde se via a folhagem das árvores da praça pública.

Depois que se sentaram, sorriu para Ruzena, acariciou sua mão e disse que o vestido ficava bem nela. Ela protestou modestamente, mas ele insistiu, e tentou falar durante alguns instantes sobre o charme da enfermeira. Ele disse estar surpreso com seu corpo. Tinha pensado nela durante dois meses, a tal ponto que o esforço de imaginação da memória tinha feito dela uma imagem distante da realidade. O que era extraordinário, dizia ele, é que sua aparência real, se bem que ele a tivesse desejado muito em pensamento, suplantara no entanto a aparência imaginária.

Ruzena observou que o trompetista não lhe dera notícias durante dois meses, fazendo-a deduzir que ele a esquecera.

Era uma objeção para a qual ele se preparara cuidadosamente — fez um gesto de cansaço, e disse à moça que ela não podia ter ideia dos dois meses atrozes que ele acabara de passar. Ruzena perguntou o que acontecera com ele, mas o trompetista não queria entrar em detalhes. Contentou-se em responder que havia sofrido uma grande ingratidão, e que de repente se viu inteiramente só no mundo, sem amigos, sem ninguém.

Tinha um pouco de medo que Ruzena começasse a perguntar detalhes dos seus aborrecimentos, por que correria o risco de se atrapalhar com as mentiras. Seus temores eram desnecessários. Ruzena, claro, acabara de saber com grande interesse que o trompetista passara por momentos difíceis, e aceitava de bom grado essa justificativa para seus dois meses de silêncio. Mas a natureza exata de seus aborrecimentos lhe era inteiramente indiferente. Desses meses tristes que ele acabara de viver, só essa tristeza a interessava.

— Pensei muito em você, e teria ficado muito feliz em ajudá-lo.

— Eu estava tão triste, que tinha até medo de encontrar as pessoas. Uma companhia triste é uma má companhia.

— Eu também estava triste.

— Eu sei — disse ele acariciando-lhe a mão.

— Há muito tempo achava que esperava um filho seu. E você não dava sinal de vida. Mas ficaria com a criança, mesmo que você não tivesse vindo me ver, mesmo que você não quisesse me ver nunca mais. Achava mesmo que, se ficasse sozinha, teria ao menos esse filho seu. Nunca aceitaria fazer um aborto. Não, nunca...

Klima perdeu a fala; um terror mudo tomou conta dele. Felizmente para ele, o garçom que servia displicentemente os clientes acabava de parar na mesa deles para tomar o pedido.

— Um conhaque — disse o trompetista, e corrigiu logo. — Dois conhaques.

Houve uma nova pausa, e Ruzena repetiu a meia-voz:

— Não, nunca farei um aborto.

— Não diga isso — retrucou Klima, recobrando o espírito. — Você não é a única pessoa em causa. Uma criança não

53

é apenas um problema da mulher. É problema do casal. É preciso que os dois estejam de acordo, senão existe o risco de tudo acabar muito mal.

Quando terminou, compreendeu que acabava de admitir indiretamente que era o pai da criança. Cada vez que falasse com Ruzena, portanto, seria na base dessa confissão. Por mais que soubesse que agia segundo um plano, e que essa concessão tinha sido prevista de antemão, ele estava apavorado com suas próprias palavras.

E o garçom já vinha com os dois conhaques:

— O senhor é mesmo Klima, o trompetista?

— Sou — disse Klima.

— As moças da cozinha o reconheceram. É o senhor mesmo, no cartaz?

— Sou — disse Klima.

— Parece que o senhor é o ídolo de todas as mulheres dos doze aos setenta anos! — disse o garçom, e acrescentou dirigindo-se a Ruzena:— Todas as mulheres vão devorar você com olhares de inveja!

Enquanto se afastava, virou-se muitas vezes sorrindo com uma intimidade impertinente.

— Não, nunca aceitaria tirar a criança — repetia Ruzena — e você também, um dia, ficará feliz em tê-la. Porque, compreenda, eu não estou lhe pedindo absolutamente nada. Espero que você não pense que quero alguma coisa de você. Pode ficar inteiramente tranquilo. Isso só diz respeito a mim e, se você não quiser, não vai se ocupar de nada.

Nada é mais inquietante para um homem do que essas palavras tranquilizadoras. Klima de repente tinha a impressão de que não sentia mais forças para salvar o que quer que fosse e que era melhor abandonar a partida. Ele se calava e Ruzena também, de modo que as palavras que ela acabava de pronunciar se enraizavam no silêncio e o trompetista sentia-se cada vez mais miserável e desarmado.

Mas a imagem de sua mulher surgiu no seu espírito. Sabia que não devia desistir. Escorregou a mão em cima do mármore da mesa até tocar os dedos de Ruzena. Apertou-os e disse:

— Esqueça um minuto essa criança. A criança não é absolutamente o mais importante. Você acha que nós dois não temos nada a dizer um ao outro? Você acha que é unicamente por causa dessa criança que vim ver você?

Ruzena levantou os ombros.

— O mais importante é que me senti triste sem você. Só nos vimos por um breve momento. E, no entanto, não deixei de pensar em você um só dia.

Ele se calou e Ruzena observou:

— Você não deu notícias uma única vez em dois meses, e escrevi para você duas vezes.

— Não precisa ficar sentida comigo — disse o trompetista. — Foi proposital. Não quis mostrar a cara. Sentia medo do que se passava comigo. Resistia ao amor. Queria escrever-lhe uma longa carta, enchi várias folhas de papel, mas acabei jogando todas fora. Nunca tinha me acontecido ficar assim tão apaixonado, e senti medo. E por que não confessá-lo? Queria me certificar de que meu sentimento não era apenas um entusiasmo passageiro. Pensava: se continuo assim por mais um mês, é porque o que sinto por ela não é uma ilusão, é uma realidade.

Ruzena disse docemente:

— E o que é que você pensa agora? Não é apenas uma ilusão?

Depois dessa frase de Ruzena, o trompetista compreendeu que seu plano começava a dar certo. Portanto, não largava mais a mão da moça e continuava a falar, e a palavra ficava cada vez mais fácil para ele: agora que estava diante dela compreendia que seria inútil submeter seus sentimentos a provas mais longas, porque tudo estava claro. Ele não queria falar daquela criança, porque o mais importante, para ele, não era a criança, mas Ruzena. O que dava um sentido à criança que ela carregava era justamente o fato de tê-lo chamado, a ele, Klima, para junto de Ruzena. É, essa criança que ela trazia consigo o tinha chamado ali, àquela pequena estação de águas, e tinha feito com que ele descobrisse a que ponto ele amava Ruzena e era por isso (ele levantou seu copo de conhaque) que iriam beber à saúde daquela criança.

É claro que logo depois assustou-se com esse horrível brinde a que o tinha conduzido sua exaltação verbal. Mas as palavras estavam pronunciadas. Ruzena levantou seu copo e murmurou:

— Sim, ao nosso filho — e bebeu num gole o seu conhaque.

O trompetista esforçou-se rapidamente por fazê-la esquecer, com outros assuntos, esse desastrado brinde e afirmou, mais uma vez, que tinha pensado em Ruzena todos os dias e todas as horas do dia.

Ela disse que, na capital, o trompetista ficava, certamente, cercado de mulheres mais interessantes do que ela.

Ele respondeu que não podia mais suportar o requinte e a pretensão delas. Preferia Ruzena a todas essas mulheres; lamentava, apenas, que ela morasse tão longe dele. Não teria ela vontade de vir trabalhar na capital?

Ela respondeu que preferia a capital, mas não era fácil encontrar um emprego lá.

Ele sorriu com condescendência e disse que tinha muitas relações nos hospitais, e que poderia, sem dificuldade, arranjar-lhe trabalho.

Falou-lhe assim por bastante tempo, sempre segurando sua mão, e nem notou que uma moça desconhecida tinha se aproximado deles. Sem medo de ser inoportuna, disse com entusiasmo:

— O senhor é o senhor Klima! Reconheci-o imediatamente! Só queria pedir um autógrafo!

Klima enrubesceu. Segurava a mão de Ruzena e fazia-lhe uma declaração de amor, num lugar público, aos olhos de todas as pessoas presentes. Imaginava que estava aqui como no palco de um anfiteatro, e que o mundo inteiro, transformado em divertidos espectadores, acompanhava com um riso maldoso sua luta pela vida.

A mocinha estendia-lhe um pedaço de papel e Klima queria dar o seu autógrafo o mais depressa possível, mas não tinha caneta, e ela também não.

— Você não tem caneta? — disse ele a Ruzena com um cochicho. A verdade é que cochichava de medo que a moça percebesse que ele tratava Ruzena com intimidade. No entanto, logo compreendeu que esse tratamento mostrava muito menos intimidade do que sua mão na de Ruzena, e ele repetiu mais alto a pergunta:

— Você não tem caneta?

Mas Ruzena balançou a cabeça e a moça voltou para a mesa que ocupava com muitos rapazes e moças que logo aproveitaram a ocasião para correr com ela, para junto de Klima. Estenderam-lhe uma caneta e arrancaram de um caderninho de anotações folhas de papel que ele devia autografar.

Do ponto de vista do plano, tudo corria bem. Quanto mais numerosas fossem as testemunhas de sua intimidade, mais facilmente Ruzena ficaria convencida de que era amada. No entanto, por mais que raciocinasse, a racionalidade da angústia punha o trompetista em pânico. Ocorreu-lhe a ideia de que Ruzena fosse conivente com todas aquelas pessoas. Numa visão confusa, ele os imaginava, todos, depondo contra ele num processo de paternidade: "Sim, nós os vimos, eles estavam sentados, um em frente ao outro, como amantes, ele acariciava-lhe a mão e olhava-a apaixonadamente nos olhos..."

A inquietação era ainda agravada pela vaidade do trompetista; na verdade, não achava que Ruzena fosse suficientemente bonita para que ele pudesse se permitir segurar-lhe a mão. Isso era desmerecer um pouco Ruzena. Ela era muito mais bonita do que parecia a seus olhos nesse momento. Do mesmo modo que o amor nos faz achar mais bela a mulher amada, a angústia que nos inspira uma mulher temida acentua, de maneira excessiva, o menor defeito de seus traços...

— Acho este lugar muito desagradável — disse Klima quando finalmente ficaram sozinhos. Você não quer dar uma volta de carro?

Ela estava curiosa de ver o carro dele e aceitou. Klima pagou e eles saíram da cervejaria. Em frente, havia uma praça com uma grande aleia coberta por uma areia amarelada. Uma fileira de uns dez homens se posicionavam, virados para a cervejaria. Na maior parte, eram velhos senhores, traziam uma braçadeira vermelha na manga de suas roupas surradas e seguravam compridas varas.

Klima estava estupefato:

— O que é isso...

Ruzena respondeu:

— Não é nada, mostre-me onde está o seu carro. — Puxava-o com um passo rápido.

Mas Klima não podia desviar o olhar daqueles homens. Não compreendia para que serviriam as longas varas que tinham, na extremidade, uma argola de arame. Poderiam ser acendedores de bicos de gás, pescadores em busca de peixes voadores, uma milícia equipada com armas misteriosas.

Enquanto os examinava, achou que um dos homens lhe sorria. Teve medo, teve até medo de si próprio, e achou que começava a sofrer de alucinações e a ver em todo homem alguém que o seguia e observava. Deixou-se guiar por Ruzena até o estacionamento.

9

— Gostaria de ir para longe com você — disse ele. Tinha passado um braço por trás dos ombros de Ruzena e segurava o volante com a mão esquerda. — Para algum lugar no sul. Seguiríamos pelas longas estradas escarpadas à beira-mar. Você conhece a Itália?

— Não.

— Então promete que vai lá comigo.

— Você não está exagerando um pouco?

Ruzena dissera isso por modéstia, mas o trompetista logo ficou em guarda, como se esse "você não está exagerando" visasse toda a sua demagogia, que de repente ela acabava de perceber. No entanto, ele não podia mais recuar:

— Sim, estou exagerando. Sempre tenho ideias loucas. Eu sou assim mesmo. Mas, ao contrário dos outros, realizo minhas ideias loucas. Acredite-me, não existe nada melhor do que realizar ideias loucas. Gostaria que minha vida fosse uma sequência delas. Gostaria que não voltássemos mais para a estação de águas, gostaria de continuar rodando sem parar até o mar. Lá me empregaria numa orquestra e iríamos, ao longo da costa, de uma estação balneária para outra.

Parou o carro num lugar de onde se tinha uma bela vista. Saltaram e ele propôs um passeio na floresta. Andaram e, depois de alguns minutos, sentaram-se num banco de madeira dos tempos em que se andava menos de carro e se apreciava mais os passeios na floresta. Continuava segurando Ruzena pelo ombro e de repente disse, com uma voz triste:

— Todo mundo imagina que tenho uma vida muito alegre. É o maior erro. Na verdade, sou muito infeliz. Não apenas nesses últimos meses, mas há muitos anos.

Se Ruzena achava excessiva a ideia de uma viagem à Itália e a considerava com uma vaga desconfiança (bem poucos compatriotas seus poderiam viajar para o exterior), a tristeza que emanava das últimas frases de Klima tinha para ela um perfume agradável. Ela o aspirava como a um assado de porco.

— Como é que você pode ser infeliz?

— Como posso ser infeliz... — suspirou o trompetista.

— Você é célebre, tem um belo carro, tem dinheiro, tem uma mulher bonita.

— Bonita, talvez, sim... — disse amargamente o trompetista.

— Sei — disse Ruzena. — Ela não é mais jovem. Tem a mesma idade que você, não é?

O trompetista constatou que, sem dúvida, Ruzena informara-se muito bem sobre sua mulher, e sentiu raiva. Mas continuou:

— Sim, ela tem a mesma idade que eu.

— Mas você não é velho. Você tem um ar de garoto — disse Ruzena.

— Só que um homem precisa de uma mulher mais moça — disse Klima. — E um artista mais do que ninguém. Tenho necessidade de juventude, você não pode imaginar, Ruzena, a que ponto gosto da sua juventude. Chego a pensar que não posso continuar assim. Sinto um desejo frenético de me libertar. De recomeçar tudo de novo e de outro modo. Ruzena, seu telefonema ontem... tive subitamente a certeza de que era uma mensagem que o destino me enviara.

— É verdade? — disse ela docemente.

— E por que você pensa que liguei imediatamente? De repente vi que não podia mais perder tempo. Que precisava vê-la imediatamente, imediatamente, imediatamente... — calou-se e olhou-a muito tempo nos olhos:

— Você me ama?

— Amo. E você?

— Amo loucamente — disse ele.

— Eu também.

Inclinou-se sobre ela e encostou sua boca na dela. Era

uma boca fresca, uma boca jovem, uma boca bonita com os lábios macios lindamente recortados e com os dentes cuidadosamente escovados, tudo estava em seu lugar e era fato que ele, dois meses antes, tinha sucumbido à tentação de beijar esses lábios. Mas, justamente porque essa boca o seduzira, ele a sentira através da névoa do desejo e nada sabia do seu aspecto real: a língua então parecia uma chama e a saliva era um licor embriagante. Só agora, depois de ter perdido sua sedução, essa boca era repentinamente tal qual uma boca, a boca *real*, isto é, esse orifício assíduo pelo qual a moça já tinha absorvido alguns metros cúbicos de *knödels*, de batatas e de sopas; os dentes tinham pequenas obturações, e a saliva não era mais um licor embriagante, mas a irmã gêmea do escarro. O trompetista tinha a boca cheia com a língua dela; dava-lhe a impressão de um bocado pouco apetitoso que lhe era impossível engolir, mas que ficava mal rejeitar.

O beijo finalmente terminou, eles se levantaram e foram embora. Ruzena estava quase feliz, mas percebia bem que o motivo pelo qual ela telefonara ao trompetista constrangendo-o a vir continuava estranhamente afastado da conversa. Ela não teve vontade de discuti-lo por mais tempo. Ao contrário, aquilo do que falavam agora parecia-lhe mais agradável e mais importante. Queria, no entanto, que esse motivo, que agora caíra no silêncio, ficasse presente mesmo de forma secreta, discreta, modesta. É por isso que, quando Klima, depois de diversas declarações de amor, anunciou que faria tudo para poder viver com Ruzena, ela observou:

— Você é muito gentil, mas é preciso lembrar também que eu não estou mais sozinha.

— É — disse Klima, e percebeu que era o momento que temia desde o primeiro minuto, o ponto mais vulnerável na malha de sua demagogia.

— É, você tem razão — disse ele. — Você não está sozinha. Mas isso não é absolutamente o principal. Quero ficar com você porque a amo, e não porque você está grávida.

— Sim — disse Ruzena.

— Não existe nada mais horrível do que um casamento que não tem outra razão de ser senão uma criança concebida por engano. E até mesmo, minha querida, se posso falar francamente, quero que você fique de novo como antes. Que não haja senão nós dois, e ninguém entre nós. Você me compreende?

— Mas não, isso não é possível, não posso aceitar, nunca poderei — protestou Ruzena.

Se dizia isso, não era porque estivesse convencida em seu foro íntimo. A certeza definitiva que recebera dois dias antes do dr. Skreta era tão nova que ela ainda estava desconcertada. Não seguia um plano calculado em detalhes, mas estava completamente ocupada com a ideia de sua gravidez, que ela vivia como um grande acontecimento e, mais ainda, como uma chance, uma oportunidade que não voltaria assim tão fácil. Ela era como o peão no jogo de xadrez, que acabou de chegar à extremidade do tabuleiro e se tornou rainha. Deleitava-se com a ideia de seu poder súbito e sem precedentes. Constatava que diante de uma ordem sua as coisas se punham em movimento, o ilustre trompetista vinha vê-la lá da capital, passeava com ela em seu carro maravilhoso, fazia-lhe declarações de amor. Não podia duvidar de que havia uma relação entre sua gravidez e esse súbito poder. Se ela não queria renunciar ao poder, não podia, portanto, renunciar à gravidez.

Por isso o trompetista teve de continuar insistindo:

— Minha querida, o que quero não é uma família, é o amor. Você é para mim o amor, e com uma criança o amor perde seu lugar para a família. A rotina. As preocupações. Os aborrecimentos. A amante cede lugar à mãe. Para mim, você não é uma mãe, mas uma amante, e eu não quero dividir você com ninguém, nem mesmo com uma criança.

Eram belas palavras, Ruzena as ouvia com prazer, mas balançava a cabeça:

— Não, não posso, afinal de contas é seu filho. Eu não poderia me livrar de seu filho.

Ele não achava mais argumentos novos, e repetia sempre as mesmas palavras, e tinha medo que ela descobrisse a hipocrisia delas.

— De qualquer maneira, você tem mais de trinta anos. Nunca teve vontade de ter um filho?

Era verdade, ele nunca tivera vontade de ter um filho. Amava demais Kamila para não ficar incomodado com a presença de uma criança ao lado dela. O que acabara de dizer a Ruzena não era uma simples invenção. Na verdade, havia muitos anos dizia as mesmas frases à sua mulher, sinceramente e sem artifício.

— Você está casado há seis anos e não tem filho, gostaria tanto de lhe dar um filho.

Ele via que tudo se voltava contra ele. O caráter excepcional de seu amor por Kamila persuadia Ruzena da esterilidade de sua mulher, e dava à enfermeira uma audácia despropositional.

Começava a esfriar, o sol baixava no horizonte, o tempo passava e Klima continuava a repetir o que já havia dito, e Ruzena repetia seu "não, não, não poderia fazê-lo." Sentia que estava num impasse, não sabia mais como fazer, e achava que ia pôr tudo a perder. Estava tão nervoso que esquecia de segurar a mão dela, de beijá-la, de colocar ternura na sua voz. Percebeu isso com medo, e fez um esforço para controlar-se. Parou, sorriu-lhe e a tomou nos braços. Era o abraço do cansaço. Apertava-a contra ele, a cabeça pressionada contra o seu rosto, uma maneira de conseguir apoio, descanso, de respirar, pois lhe parecia que ainda tinha um longo caminho a percorrer, para o qual lhe faltavam forças.

Mas Ruzena também estava colocada contra a parede. Como ele, exaurira seus argumentos, e sentia que não se pode contentar em dizer *não* por muito tempo ao homem que se quer conquistar.

O abraço durou muito tempo, e quando Klima a deixou escorregar entre seus braços, Ruzena baixou a cabeça e disse com a voz resignada:

— Está bem, diga o que devo fazer.

Klima não podia acreditar no que ouvia. Eram palavras súbitas e inesperadas, um alívio enorme. Tão enorme que ele teve que fazer um esforço grande para se controlar e não o demonstrar muito claramente. Acariciou a moça no rosto e disse que o dr. Skreta era um de seus amigos, e que bastaria Ruzena se apresentar diante da comissão dentro de três dias. Ele a acompanharia. Ela não tinha nada a temer.

Ruzena não protestava, e ele recuperou a vontade de representar seu papel. Abraçou-lhe os ombros, e a todo instante parava para beijá-la (sua felicidade era tão grande que o beijo estava de novo coberto por aquela bruma). Repetiu que Ruzena deveria morar na capital. Repetiu até suas frases sobre a viagem ao litoral.

Depois o sol desapareceu no horizonte, a obscuridade caiu sobre a floresta e uma lua redonda apareceu sobre a copa dos pinheiros. Voltaram para o carro. No momento em que se aproximavam da estrada, os dois se viram surpreendidos por um facho de luz. A princípio pensaram que era um carro que passava perto com os faróis acesos, mas logo ficou evidente que o farol não os deixava. O facho vinha de uma motocicleta estacionada do outro lado da estrada, um homem estava sentado nela observando-os.

— Anda depressa, por favor! — disse Ruzena.

Quando estavam perto do carro, o homem que estava sentado na moto levantou-se e foi ao encontro deles. O trompetista distinguia apenas uma silhueta escura, porque a motocicleta estacionada iluminava o homem por trás, enquanto o trompetista ficava com a luz nos olhos.

— Vem cá! — disse o homem, atirando-se para Ruzena.
— Preciso conversar com você. Temos que falar umas coisas! Muitas coisas! — ele gritava com uma voz nervosa e confusa.

O trompetista também estava nervoso e confuso, e sentia uma espécie de irritação diante da falta de respeito:

— A moça está comigo, e não com você — declarou ele.

— Você também, tenho que falar com você, sabe? — vociferava o desconhecido, dirigindo-se ao trompetista. — Você pensa que só porque é famoso tudo lhe é permitido! Você pensa que vai conseguir enrolá-la! Que você vai virar a cabeça dela! É muito fácil para você! Eu também poderia fazer o mesmo no seu lugar!

Ruzena aproveitou o momento em que o motociclista se dirigia ao trompetista e se enfiou no carro. O motociclista correu para a porta. Mas o vidro estava fechado e a moça ligou o rádio. O carro estremeceu com uma música barulhenta. Depois o trompetista enfiou-se no carro e bateu a porta. A música estava ensurdecedora. Não se distinguia nada através do vidro, a não ser a silhueta de um homem gritando e seus braços que gesticulavam.

— É um louco que me segue por toda parte — disse Ruzena. — Depressa, por favor, ande!

10

Ele estacionou o carro, acompanhou Ruzena até o pavilhão Karl Marx, deu-lhe um beijo e, quando ela desapareceu atrás da porta, sentiu um cansaço equivalente a quatro noites de insônia. Já era tarde. Klima estava com fome e não se sentia com forças para sentar ao volante e dirigir. Tinha vontade de ouvir as palavras tranquilizadoras de Bertlef e dirigiu-se ao Richmond, passando pelo jardim público.

Ao chegar em frente à entrada, espantou-se com um grande cartaz iluminado por um poste de luz. Nele lia-se seu nome em grandes letras desajeitadas e embaixo, em letras menores, os nomes do dr. Skreta e do farmacêutico. O cartaz estava escrito à mão e nele via-se um desenho de amador representando um trompete dourado. O trompetista achava de bom augúrio a rapidez com que o dr. Skreta tinha organizado a publicidade do concerto, pois essa presteza parecia indicar que Skreta era um homem com quem se podia contar. Subiu a escada correndo e bateu na porta de Bertlef.

Ninguém respondeu.

Bateu de novo, outro silêncio.

Mal teve tempo de pensar que chegava em má hora (o americano era conhecido por suas numerosas relações femininas), e sua mão já girava a maçaneta. A porta não estava fechada a chave. O trompetista entrou no quarto e parou. Não enxergava nada. Via apenas a claridade que vinha de um ângulo da peça. Era uma estranha claridade; não parecia nem a luminosidade clara do neon, nem a luz amarela de uma lâmpada elétrica. Era uma luz azulada, e enchia todo o quarto.

Nesse momento, um pensamento tardio atingiu os dedos atordoados do trompetista e sugeriu-lhe que talvez estivesse cometendo uma indiscrição ao penetrar no quarto de alguém, numa hora tão avançada e sem o menor convite. Teve medo de sua indelicadeza, recuou para o corredor e tornou a fechar rapidamente a porta.

Mas estava numa confusão tamanha que, em vez de ir embora, ficou plantado em frente à porta, esforçando-se por compreender a estranha luz. Pensou que o americano talvez estivesse nu, em seu quarto, e tomasse um banho de sol com uma lâmpada ultravioleta. Mas a porta abriu-se e Bertlef apareceu. Ele não estava nu, usava o mesmo terno que tinha posto de manhã. Sorria para o trompetista:

— Estou contente que você tenha passado para me ver. Entre.

O trompetista entrou no quarto com curiosidade, mas o cômodo estava iluminado por um lustre comum suspenso no teto.

— Receio ter incomodado — disse o trompetista.

— Ora essa! — respondeu Bertlef, mostrando a janela de onde o trompetista pensava ter visto surgir a fonte de luz azul. — Eu estava pensando. Só isso.

— Quando entrei, desculpe ter irrompido assim, vi uma luz inteiramente extraordinária.

— Uma luz? — disse Bertlef, e caiu na gargalhada. — Não é preciso levar essa gravidez tão a sério. Isso está lhe provocando alucinações.

— Ou talvez seja porque eu vim do corredor que estava mergulhado na escuridão.

— Pode ser — disse Bertlef —, mas conte-me como tudo terminou!

O trompetista começou seu relato e Bertlef o interrompeu no fim de um instante.

— Você está com fome?

O trompetista aquiesceu e Bertlef tirou de um armário um pacote de biscoitos e uma lata de presunto em conserva que abriu em seguida.

E Klima continuava a contar, abocanhando gulosamente seu jantar, e olhava Bertlef com um ar interrogativo.

— Acho que tudo vai acabar bem — disse Bertlef, confortador.

— E, na sua opinião, o que quer dizer esse sujeito que nos esperava perto do carro?

Bertlef levantou os ombros:

— Não faço a menor ideia. De qualquer maneira, isso não tem mais nenhuma importância.
— É verdade. O mais importante é pensar como vou explicar a Kamila que essa conferência durou tanto tempo.

Já era muito tarde. Reconfortado e seguro, o trompetista entrou no carro e partiu em direção à capital. Durante todo o trajeto foi acompanhado por uma grande lua redonda.

TERCEIRO DIA

1

Estamos numa quarta-feira de manhã e a estação de águas mais uma vez acaba de despertar para um dia alegre. Jatos de água jorram nas banheiras, os massagistas pressionam costas nuas, e um carro alugado acaba de parar no estacionamento. Não a luxuosa limusine que estacionara ontem no mesmo lugar, mas um carro comum como se veem tantos neste país. O homem ao volante deve ter uns quarenta e cinco anos e está sozinho. O banco de trás está repleto de malas.

O homem desceu, trancou as portas, entregou ao guardador do estacionamento uma moeda de cinco coroas e dirigiu-se ao pavilhão Karl Marx; percorreu o corredor até a porta em que estava escrito o nome do dr. Skreta. Entrou na sala de espera e bateu na porta do consultório. Apareceu uma enfermeira, o homem apresentou-se e o dr. Skreta veio recebê-lo:

— Jakub! Quando você chegou?

— Agora mesmo!

— Sensacional! Temos tanta coisa para conversar. Escuta... — disse ele depois de pensar um pouco — não posso sair agora. Venha comigo para a sala de exame. Vou lhe emprestar um jaleco.

Jakub não era médico e nunca tinha entrado antes num consultório ginecológico. Mas o dr. Skreta já o tomava pelo braço e o conduzia a uma sala branca onde uma mulher despida com as pernas afastadas estava estendida sobre uma mesa de exame.

— Empreste um jaleco para o doutor — disse Skreta à enfermeira, que abriu um armário e estendeu a Jakub um jaleco branco.

— Venha, gostaria que você confirmasse meu diagnóstico — disse ele a Jakub, convidando-o a se aproximar da paciente visivelmente satisfeita com a ideia de que o mistério de seus ovários, de onde, apesar de seus esforços, ainda não saíra nenhuma descendência, iria ser explorado por duas sumidades médicas.

O dr. Skreta recomeçou a apalpar as entranhas da paciente, pronunciou algumas palavras latinas às quais Jakub respondeu com grunhidos aprovadores, depois perguntou:

— Quanto tempo você vai ficar?
— Vinte e quatro horas.
— Vinte e quatro horas?
— É ridiculamente pouco, não vamos poder conversar nada!
— Quando o senhor me toca assim, dói — disse a mulher com as pernas levantadas.
— Tem que doer um pouco, isso não é nada — disse Jakub para divertir o amigo.
— É, o doutor tem razão — disse Skreta. — Isso não é nada, é normal. Vou receitar uma série de injeções. A senhora virá aqui todas as manhãs às seis horas para a enfermeira lhe dar uma injeção. Agora pode se vestir.
— Na verdade, vim para lhe dizer adeus — disse Jakub.
— Como adeus?
— Estou indo para o exterior. Consegui autorização para emigrar.

Enquanto isso a mulher tinha se vestido e despediu-se do dr. Skreta e de seu colega.

— Eis uma surpresa! Não esperava por isso! — espantou-se o dr. Skreta. — Vou mandar embora essas mulheres, já que você veio se despedir.

— Doutor — interrompeu a enfermeira —, o senhor já as mandou embora ontem. Vamos ter um grande atraso no fim de semana!

— Vamos lá, chame a seguinte — disse o dr. Skreta com um suspiro.

A enfermeira chamou a seguinte, a quem os dois homens dirigiram um olhar distraído, constatando que ela era mais bonita que a anterior. O dr. Skreta perguntou-lhe como ela se sentia depois dos banhos e em seguida pediu-lhe que se despisse.

— Levou uma eternidade para que me dessem o passaporte. Mas depois, em dois dias eu estava pronto para partir. Não tinha vontade de me despedir de ninguém.

— Fico mais contente ainda por você ter vindo aqui — disse o dr. Skreta, e convidou a moça para subir na mesa de exame. Enfiou uma luva de borracha e mergulhou a mão nas entranhas da paciente.

— Só queria ver você e Olga — disse Jakub. — Espero que ela esteja bem.

— Está tudo bem, está tudo bem — disse Skreta, mas pelo som de sua voz era evidente que ele não sabia o que estava respondendo a Jakub. Concentrava toda a sua atenção na paciente:

— Vamos proceder a uma pequena intervenção — disse ele. — Não tenha medo, a senhora não vai sentir nada.

Depois dirigiu-se a um pequeno armário envidraçado de onde tirou uma seringa de injeção, cuja agulha fora substituída por uma pequena cânula de plástico.

— O que é isso? — perguntou Jakub.

— No decorrer de longos anos de prática, adotei alguns métodos novos que são extremamente eficazes. Talvez você me ache egoísta, mas por enquanto eu os considero segredo meu.

Com uma voz mais sedutora que temerosa, a mulher que estava estendida com as pernas abertas perguntou:

— Não vai doer?

— Absolutamente — respondeu o dr. Skreta, mergulhando a seringa de injeção numa ampola que ele segurava com um cuidado meticuloso. Depois aproximou-se da mulher, introduziu-lhe a seringa entre as pernas e apertou o êmbolo.

— Está doendo?

— Não — disse a paciente.

— Se eu vim, foi só para devolver o comprimido — disse Jakub.

O dr. Skreta não deu a menor atenção à última frase de Jakub. Continuava sempre ocupado com sua paciente. Examinava-a da cabeça aos pés, com ar sério e pensativo, e dizia:

— No seu caso, seria realmente pena não ter filhos. A senhora tem pernas longas, a bacia bem desenvolvida, uma bela caixa torácica e um rosto muito agradável.

Segurou o rosto da paciente, apertou-lhe o queixo, e disse:

— Bonito queixo, tudo é muito bem modelado. Depois segurou-lhe a coxa:

— E a senhora tem ossos maravilhosamente firmes. Podemos imaginá-los brilhando sob seus músculos.

Continuou ainda alguns instantes elogiando a paciente enquanto apalpava seu corpo, ela não protestava nem ria com um riso frívolo, pois a seriedade do interesse que lhe revelava o médico colocava essas apalpadelas muito além dos limites do despudor.

Finalmente fez sinal para que ela se vestisse, e virou-se para seu amigo:

— O que você disse?

— Vim devolver-lhe o comprimido.

A mulher se vestira e dizia:

— Então, doutor, o senhor acha que posso ter esperança?

— Estou extremamente satisfeito — disse o dr. Skreta.
— Acho que as coisas evoluem favoravelmente, e que podemos, nós dois, a senhora e eu, contar com o sucesso.

A mulher deixou o consultório agradecendo, e Jakub disse:

— Há muitos anos você me deu um comprimido que ninguém queria me dar. Agora que estou indo embora, penso que nunca mais terei necessidade dele, e que devo devolvê-lo.

— Ora, guarde-o! Esse comprimido pode servir noutro lugar tanto quanto aqui.

— Não, não. Esse comprimido faz parte deste país. Eu quero deixar neste país tudo que pertence a ele — disse Jakub.

— Doutor, vou chamar a seguinte — disse a enfermeira.

— Mande essas mulheres para casa — disse o dr. Skreta. — Já trabalhei muito hoje, você vai ver que essa última certamente vai ter um filho. Isto basta por um dia, não?

A enfermeira olhava o dr. Skreta com ternura, sem, no entanto, a menor intenção de obedecer.

Ele compreendeu esse olhar:

— Bem, não as mande embora, diga-lhes que estou de volta em meia hora.

— Doutor, ontem também era uma meia hora, e foi preciso ir buscá-lo depois na rua.

— Não tenha medo, querida, estarei de volta dentro de meia hora — e disse ao amigo para devolver o jaleco branco para a enfermeira.

Depois saíram do prédio e, atravessando o jardim público, foram em direção ao Richmond, em frente.

2

Subiram ao primeiro andar e, seguindo o longo tapete vermelho, chegaram ao fim do corredor. O dr. Skreta abriu a porta e entrou com seu amigo num quarto muito pequeno mas agradável.

— É gentil de sua parte — disse Jakub — ter sempre um quarto para mim aqui.

— Agora tenho sempre quartos reservados para meus pacientes privilegiados no fim desse corredor. Ao lado do seu quarto existe um belo apartamento de esquina onde antigamente ficavam ministros e industriais. Alojei nele meu doente mais precioso, um rico americano cuja família é originária daqui. É quase um amigo meu.

— E Olga, onde mora?

— Como eu, no pavilhão Karl Marx. Mas lá ela não está mal. Não se aflija.

— O principal é que você tenha se ocupado dela. Como ela vai?

— Os problemas habituais em mulheres de nervos frágeis.

— Expliquei-lhe na minha carta a vida que ela teve.

— A maioria das mulheres vem aqui para encontrar a fecundidade. No caso da sua pupila, seria melhor que não abusasse da fecundidade. Você já a viu completamente nua?

— Meu Deus! Nunca! — disse Jakub.

— Pois bem, então veja! Ela tem seios minúsculos que se penduram do seu peito como duas ameixas. Veem-se todas as suas costelas. No futuro olhe com mais atenção as caixas torácicas. Um verdadeiro tórax deve ser agressivo, projetado para fora, é preciso que ele se apresente como se quisesse ocupar o maior espaço possível. Por outro lado, existem caixas torácicas que estão na defensiva, e que recuam diante do mundo exterior; diríamos uma camisa de força que se aperta cada vez mais em torno do sujeito, e que acaba por sufocá-lo completamente. É o caso dela. Diga-lhe que mostre a você.

— Evitarei isso — disse Jakub.

— Você receia que, se a vir, deixará de considerá-la sua pupila.

— Pelo contrário — disse Jakub —, temo sentir ainda mais pena dela.

— Meu caro — disse Skreta —, esse americano é realmente um tipo muito interessante.

— Onde posso encontrá-la? — perguntou Jakub.

— Quem?

— Olga.

— Você não vai encontrá-la agora. Ela continua seu tratamento, deve passar toda a manhã na piscina.

— Não queria perder a ocasião. Será que podemos chamá-la?

Skreta levantou o telefone e discou um número sem interromper sua conversa com o amigo:

— Vou apresentá-lo a você. É preciso que você o observe a fundo para mim. Você é um excelente psicólogo, vai decifrá-lo. Estou de olho nele.

— Por quê? — perguntou Jakub, mas o dr. falava no telefone:

— É Ruzena? Como vai?... Não se aborreça, essas indisposições são comuns no seu estado. Gostaria de saber se você não está agora com uma de minhas pacientes na piscina, sua vizinha de quarto... Está? Ótimo, diga-lhe que tem uma visita que veio da capital; diga-lhe sobretudo que não saia... É, vamos esperá-la ao meio-dia em frente às termas.

Skreta desligou:

— Você ouviu? Você vai encontrá-la ao meio-dia. Raios, de que estávamos falando?

— Do americano.

— É — disse Skreta. — É um tipo extremamente curioso. Curei a mulher dele, não podia ter filhos.

— E ele, do que é que ele se trata aqui?

— Do coração.

— Você disse que estava de olho nele.

— É humilhante — indignava-se Skreta — o que um médico é obrigado a fazer neste país para poder viver decentemente! Klima, o famoso trompetista vem aqui. Tenho que acompanhá-lo na bateria!

Jakub não levava a sério as palavras de Skreta, mas fingiu surpresa:

— Como, você toca bateria?

— É, meu amigo! Que posso fazer, agora eu tenho uma família.

— Como! — gritou Jakub, realmente surpreso dessa vez. — Uma família? Você não vai me dizer que se casou!

— Sim — disse Skreta.

— Com Suzy?

Suzy era uma médica da estação de águas, amante de Skreta havia muitos anos, mas ele até então sempre conseguira escapar do casamento no último instante.

— É, com Suzy — disse Skreta. — Você sabe que eu subia o belvedere com ela todos os domingos.

— Então você se casou mesmo — disse Jakub num tom melancólico.

— Toda vez que subíamos — prosseguiu Skreta — Suzy tentava me convencer que devíamos nos casar. E eu ficava tão cansado com a subida que me sentia velho, e tinha a impressão de que não me restava nada mais a fazer senão me casar. Mas no final sempre conseguia me controlar, e quando voltávamos do belvedere recuperava meu vigor e não tinha mais vontade de casar. Mas um dia Suzy nos fez dar uma volta e a subida durou tanto tempo que acabei concordando em me casar muito antes de chegar ao topo. Agora esperamos um filho, e tenho de pensar um pouco em dinheiro. Esse americano também pinta imagens religiosas. Poderíamos ganhar um dinheirão com isso. O que você acha?

— Você acha que existe um mercado para imagens religiosas?

— Um mercado fantástico! Meu caro, bastaria instalar um estande ao lado da igreja, nos dias de peregrinação, e por cem coroas cada quadro faríamos uma fortuna! Poderia me incumbir da venda, e dividiríamos — metade, metade.

— E ele, concordaria?

— Esse tipo tem tanto dinheiro que não sabe o que fazer com ele, e eu certamente não conseguiria convencê-lo a fazer negócios comigo — disse Skreta rogando uma praga.

3

Olga bem que via que a enfermeira Ruzena lhe fazia sinais da beira da piscina, mas continuava a nadar e fingia não vê-la.

As duas mulheres não se gostavam. O dr. Skreta hospedava Olga num pequeno quarto vizinho ao de Ruzena. A enfermeira tinha o hábito de ouvir o rádio muito alto e Olga gostava de calma. Muitas vezes ela batera na parede e, como única resposta, a enfermeira aumentara ainda mais o volume do som.

Ruzena fazia sinais com insistência e afinal conseguiu avisar à paciente que um visitante da capital a esperava ao meio-dia. Olga compreendeu que era Jakub e sentiu imensa alegria. E logo ficou surpresa com essa alegria: como posso sentir tal prazer ante a ideia de revê-lo?

Olga era, na verdade, uma dessas mulheres modernas que se desdobram naturalmente numa pessoa que *vive* e numa outra pessoa que *observa*.

Mas, mesmo a Olga que observava estava alegre. Porque ela compreendia muito bem que era completamente exagerado que Olga (a que vivia) se alegrasse com tamanha impetuosidade, e por ser mal-intencionado esse exagero lhe dava prazer. Sorria com a ideia de que Jakub ficaria espantado se conhecesse a violência de sua alegria.

O ponteiro do relógio em cima da piscina marcava quinze para o meio-dia. Olga imaginava como Jakub reagiria se ela se atirasse ao seu pescoço e o beijasse amorosamente. Chegou nadando na beira da piscina, saiu da água e foi trocar de roupa numa cabine. Lamentava um pouco não ter sido avisada, desde de manhã, da visita de Jakub. Ela teria se vestido melhor. Agora usava apenas um *tailleur* cinza, sem graça, que estragava seu bom humor.

Havia momentos, por exemplo, como alguns instantes mais cedo, quando ela nadava na piscina, em que se esquecia totalmente de sua aparência. Mas agora estava plantada em frente ao pequeno espelho da cabine e se via num *tailleur* cinza. Alguns minutos antes, ela sorria maldosamente ante a ideia de que poderia se atirar ao pescoço de Jakub e beijá-lo com paixão. Só que, ao ter essa ideia, ela estava na piscina, onde nadava "sem corpo", como se fosse um pensamento desencarnado. Mas agora que tinha um corpo e usava um *tailleur*, sentia-se muito longe dessa alegre fantasia, e sabia que estava exatamente igual àquela que, para grande raiva sua, Jakub sempre via: uma moça comovente que precisava de ajuda.

Se Olga fosse um pouco mais boba, ela se acharia bem bonita. Mas como era uma moça inteligente, achava-se muito mais feia do que na verdade era; na realidade, a bem dizer, não era nem feia nem bonita, e todo homem com exigências estéticas normais passaria, de bom grado, a noite com ela.

Mas como Olga sentia prazer em se desdobrar, aquela que observava interrompeu, nesse momento, a que vivia: que importava que ela fosse isso ou aquilo? Por que sofrer por causa de um reflexo num espelho? Não era ela outra coisa além de um objeto aos olhos dos homens? Ou uma mercadoria que se coloca a si mesma no mercado? Não era ela capaz de ser independente de sua aparência, pelo menos na medida em que qualquer homem pode sê-lo?

Ela saiu das termas e viu um rosto emocionado, cheio de

bondade. Sabia que, em vez de estender-lhe a mão, ele iria acariciar-lhe os cabelos, como faria a uma moça boazinha. Claro que foi isso que ele fez.

— Onde vamos almoçar? — perguntou ele.

Ela propôs que fossem almoçar no refeitório dos curistas, onde havia um lugar livre na sua mesa.

O refeitório era uma sala imensa cheia de mesas e de pessoas que almoçavam apertadas umas contra as outras. Jakub e Olga sentaram-se e esperaram muito até que uma garçonete lhes servisse a sopa em pratos fundos. Duas outras pessoas estavam sentadas à mesa deles e tentaram puxar conversa com Jakub, a quem logo colocaram na família sociável dos curistas. Foi portanto somente aos pouquinhos, no meio das conversas à mesa, que Jakub pôde interrogar Olga sobre alguns detalhes práticos: ela estava satisfeita com a comida, satisfeita com o médico, satisfeita com o tratamento? Quando ele perguntou onde estava instalada, ela respondeu que tinha uma vizinha detestável. Indicou, com um sinal de cabeça, uma mesa bem próxima onde Ruzena almoçava.

Seus companheiros de mesa retiraram-se depois de se despedirem, e Jakub disse, olhando para Ruzena:

— Existe em Hegel uma reflexão curiosa sobre o perfil grego, cuja beleza — segundo ele — vem do fato de que o nariz forma com a testa uma linha única, o que põe em evidência a metade superior da cabeça, sede da inteligência e do espírito. Ao olhar sua vizinha, constato que nela todo o rosto está, pelo contrário, concentrado na boca. Olha como ela mastiga com convicção e como fala alto ao mesmo tempo. Hegel ficaria desanimado com essa importância dada à parte inferior, à parte animal do rosto e, no entanto, essa moça, que não sei por que me é antipática, é muito bonita.

— Você acha? — perguntou Olga, e sua voz revelava sua hostilidade.

Foi por isso que Jakub apressou-se em dizer:

— Em todo caso, eu teria medo de ser cortado em pedacinhos por essa boca de ruminante — e acrescentou: — Hegel ficaria satisfeito com você. A dominante do seu rosto é a testa, que revela a todo o mundo a sua inteligência.

— Raciocínios como esse me põem fora de mim — disse Olga, vivamente. — Tendem a demonstrar que a fisionomia de um ser humano é a marca de sua alma. É um absurdo total. Imagino minha alma com um queixo de velha e lábios sensuais, no entanto tenho o queixo pequeno e também uma boca pequena. Se eu nunca tivesse me visto no espelho e precisasse descrever a minha aparência exterior segundo aquilo que conheço interiormente de mim, o retrato não se pareceria absolutamente com aquilo que você vê quando me olha!

4

É difícil encontrar uma palavra para caracterizar a atitude de Jakub em relação a Olga. Era filha de um de seus amigos que fora executado quando a garota tinha sete anos. Jakub decidira, então, tomar sob sua proteção a pequena órfã. Ele não tinha filhos e essa espécie de paternidade sem obrigação o seduzia. De brincadeira, ele chamava Olga de sua pupila.

Estavam agora no quarto de Olga. Ela acendeu um fogareiro, colocou nele uma pequena panela cheia de água e Jakub compreendeu que não conseguiria revelar-lhe o motivo de sua visita. Não ousava anunciar-lhe que vinha dizer adeus, temia que a notícia assumisse uma dimensão muito patética, e que se estabelecesse entre eles um clima sentimental que ele achava deslocado. Desconfiava, havia muito tempo, que ela estava apaixonada por ele.

Olga tirou duas xícaras do armário, colocou nelas café e

despejou água fervendo. Jakub jogou um pedaço de açúcar e mexeu, depois ouviu Olga, que lhe dizia:

— Por favor, Jakub, que espécie de homem era realmente meu pai?

— Por quê?

— Realmente ele não tinha nada de que se acusar?

— O que você está imaginando! — espantou-se Jakub. O pai de Olga tinha sido oficialmente reabilitado havia algum tempo e a inocência do político condenado à morte e executado fora proclamada publicamente. Não era posta em dúvida por ninguém.

— Não era isso o que eu queria dizer — disse Olga —, mas sim justamente o contrário.

— Não compreendo você — disse Jakub.

— Pergunto-me se ele não fez com outros exatamente o que fizeram com ele. Não havia uma sombra de diferença entre ele e aqueles que o condenaram à forca. Eles tinham as mesmas convicções, eram os mesmos fanáticos. Estavam convencidos de que mesmo a menor divergência poderia fazer a revolução correr um perigo mortal, e eram desconfiados. Mandaram matá-lo em nome de coisas sagradas nas quais ele mesmo acreditava. Então por que não poderia ter se conduzido com outros da mesma maneira que se conduziram com ele?

— O tempo passa muito rápido e o passado é cada vez mais incompreensível — disse Jakub, depois de um instante de hesitação. — O que você sabe sobre seu pai, além de algumas cartas e algumas páginas do seu diário que caridosamente devolveram a você, e de algumas lembranças de amigos dele?

Mas Olga insistia:

— Por que você se esquiva? Fiz uma pergunta perfeitamente clara. Meu pai era como aqueles que o condenaram à morte?

— Pode ser — disse Jakub, com um levantar de ombros.

— Então por que ele não poderia ter cometido também as mesmas crueldades?

— Teoricamente — respondeu Jakub com uma extrema lentidão —, em teoria ele poderia ter feito com outros exatamente a mesma coisa que fizeram com ele. Não existe, no mundo, um só homem que não seja capaz de, sem peso na consciência, condenar seu próximo à morte. Em todo caso, no que me diz respeito, jamais encontrei algum. Se, sob esse ponto de vista, os homens um dia vierem a mudar, eles perderão a qualidade humana fundamental. Não serão mais homens, mas uma outra espécie de criatura.

— Acho vocês admiráveis! — gritou Olga, interpelando assim, na terceira pessoa do plural, os milhares de Jakubs. — Vocês fazem, de todos os homens, assassinos, e ao mesmo tempo seus próprios homicídios deixam de ser um crime, não sendo nada mais do que uma característica inelutável da espécie humana.

— A maioria das pessoas evolui num círculo idílico entre a casa e o trabalho — disse Jakub. — Vivem num território pacífico, além do bem e do mal. Ficam sinceramente espantados diante de um homem que assassina. Mas, ao mesmo tempo, basta fazê-los sair desse território tranquilo e eles se tornam assassinos sem saber como. Existem provas e tentações às quais a humanidade só é submetida em intervalos distanciados na história. E ninguém resiste a isso. Mas é absolutamente inútil falar nisso. O que conta para você não é aquilo que o seu pai teoricamente era capaz de fazer, porque, de qualquer maneira, não existe nenhum meio de prová-lo. A única coisa que deveria interessá-la é aquilo que ele fez ou aquilo que ele não fez. E, nesse sentido, ele tinha a consciência tranquila.

— Você pode ter certeza absoluta disso?

— Absoluta. Ninguém o conheceu melhor do que eu.

— Fico realmente contente em ouvi-lo da sua boca — disse Olga — porque a pergunta que lhe fiz não fiz por acaso. Há muito tempo recebo cartas anônimas. Escrevem-me dizendo que faço mal em bancar a filha de um mártir, porque meu pai, antes de ser executado, mandou para a prisão inocentes cuja única falta era ter uma concepção do mundo diferente da dele.

— É absurdo — disse Jakub.

— Nessas cartas, eles o pintam como um fanático feroz e como um homem cruel. São, evidentemente, cartas anônimas e maldosas, mas não são cartas de um medíocre. Foram escritas sem exagero, concretas e precisas, quase acabo acreditando nelas.

— É sempre a mesma vingança — disse Jakub. — Vou lhe dizer uma coisa. Quando prenderam seu pai, as prisões estavam cheias de pessoas enviadas pela revolução, na sequência da primeira onda de terror. Os detentos reconheceram nele um dirigente comunista, na primeira oportunidade atiraram-se sobre ele e o espancaram até que ele perdesse os sentidos. Os guardas observaram a cena com um sorriso sádico.

— Eu sei — disse Olga, e Jakub se deu conta de que acabara de lhe contar um episódio que ela ouvira muitas vezes. Ele tinha se prometido, havia muito tempo, nunca mais falar dessas coisas, mas não conseguia. As pessoas que tiveram um acidente de carro se proíbem, em vão, de lembrar o fato.

— Eu sei — repetiu Olga —, mas isso não me espanta. Essas pessoas tinham sido presas sem julgamento, muitas vezes sem o menor motivo. E, de repente, viam na frente delas um dos homens que consideravam responsável!

— A partir do momento em que seu pai vestiu o uniforme da prisão, ele era um detento entre outros. Não havia motivo algum para lhe fazerem mal, sobretudo sob o olhar complacente dos guardas. Aquilo não passou de uma vingança covarde. O mais infame desejo de pisotear uma vítima sem defesa. E essas cartas que você recebe são o fruto da mesma vingança que, como constato, é mais forte do que o tempo.

— Mas Jakub! Eles eram, afinal, centenas de milhares nas prisões! E milhares nunca mais voltaram! E jamais um só responsável foi punido! Na verdade, esse desejo de vingança não passa de um desejo insatisfeito de justiça!

— Vingar-se do pai na filha não tem nada a ver com a justiça. Lembre-se que, por causa de seu pai, você perdeu seu lar, foi obrigada a deixar a cidade em que morava, não teve o direito de estudar. Por causa de um pai morto que você quase não conheceu! E, por causa de seu pai, é necessário que agora você seja perseguida pelos outros? Vou lhe contar a mais triste descoberta da minha vida: os perseguidos não valem mais do que os perseguidores. Posso muito bem imaginar os papéis invertidos. Você pode muito bem ver nesse raciocínio o desejo de apagar a responsabilidade deles e de endossá-la ao criador que fez o homem tal como é. E talvez seja bom que você veja as coisas assim. Porque chegar à conclusão de que não há diferença entre o culpado e a vítima *é perder toda a esperança*. E é isso o que se chama *inferno*, querida.

5

As duas colegas de Ruzena queimavam de impaciência. Elas queriam saber como terminara o encontro da véspera com Klima, mas estavam trabalhando do outro lado das termas e foi somente às três horas que puderam encontrar a amiga e atacá-la com perguntas.

Ruzena hesitava em responder e acabou dizendo com uma voz insegura:

— Ele disse que me amava e que vai casar comigo.

— Está vendo? Eu não disse? — falou a magra. — E ele vai se divorciar?

— Disse que sim.

— Não pode fazer outra coisa — disse alegremente a quarentona. — Você vai ter um filho. E a mulher dele não tem.

Dessa vez Ruzena foi obrigada a dizer a verdade:

— Ele disse que ia me levar para Praga, me arranjar trabalho lá. Disse que iríamos de férias para a Itália. Mas não quer que tenhamos filhos logo. E ele tem razão. Os primeiros anos são os melhores e se tivéssemos um filho não poderíamos aproveitar um ao outro.

A quarentona estava aturdida.

— Como, você vai fazer aborto?

Ruzena confirmou:

— Você perdeu a cabeça! — gritou a magra.

— Ele enrolou você com o dedo mindinho — disse a quarentona. — Assim que você estiver livre da criança, ele vai mandar você pastar.

— E por quê?

— Quer apostar? — disse a magra.

— Sei que ele me ama!

— E como é que você sabe que ele te ama? — disse a quarentona.

— Ele me disse.

— E por que não deu notícias durante dois meses?

— Ele tinha medo do amor — disse Ruzena.

— Como?

— Como é que você quer que eu explique? Ele estava com medo de estar apaixonado por mim.

— E foi por isso que não deu sinal de vida?

— Foi uma prova que ele se impôs; queria estar certo de que não podia me esquecer. É compreensível, não?

— Entendo — retomou a quarentona —, e quando soube

que tinha lhe feito um filho, compreendeu de repente que não poderia esquecê-la.

— Ele disse que está contente porque estou grávida. Não por causa da criança, mas porque eu telefonei para ele. Ele compreendeu que me amava.

— Meu Deus, como você é idiota! — gritou a magra.

— Não vejo por que eu seja idiota.

— Porque a criança é a única coisa que você tem — disse a quarentona.— Se você desistir da criança, não vai ter mais nada e ele vai te descartar.

— Quero que ele me queira por mim e não por causa da criança!

— Por quem você se toma? Por que ele iria querer você por você?

Elas discutiram longamente e com paixão. As duas mulheres não cansavam de repetir para Ruzena que a criança era seu único trunfo e que não devia renunciar a ela.

— Eu nunca faria aborto. Estou dizendo. Nunca, compreende? Nunca — afirmava a magra.

Ruzena de repente assumiu uns ares de menina e disse (a mesma frase que na véspera tinha devolvido a Klima o desejo de viver):

— Nesse caso, digam o que devo fazer!

— Resistir — disse a quarentona, depois abriu uma gaveta de seu armário e tirou um frasco de comprimidos. — Pega, toma um! Você está no limite. Isso vai acalmá-la.

Ruzena pôs o comprimido na boca e engoliu.

— E guarda o frasco. Você tem aí as indicações: um comprimido três vezes por dia, mas só tome quando sentir necessidade de se acalmar. Não vá fazer bobagens, nervosa como você está. Não esqueça que ele é um sujeito astuto. Não é um principiante! Mas desta vez não vai se livrar tão facilmente!

Mais uma vez ela não sabia o que fazer. Um momento antes, ela achava que estava decidida, mas os argumentos de suas colegas pareciam-lhe convincentes, e estava abalada de novo. Dividida, ela desceu a escada das termas.

No hall, um rapaz exaltado precipitou-se sobre ela com o rosto vermelho.

— Já lhe disse para nunca vir me esperar aqui — disse ela com um ar malvado. — E depois do que aconteceu ontem, não sei como é que você pode ter a audácia!

— Não se aborreça, por favor! — gritou o rapaz com um ar desesperado.

— Cale a boca! — gritou ela. — Não venha ainda por cima me fazer cenas *aqui* — e quis ir embora.

— Não vá embora assim se não quiser que eu faça uma cena!

Ela não podia fazer nada. Os curistas iam e vinham no hall, e a todo instante pessoas de roupa branca passavam perto. Não queria se fazer notar, e era obrigada a ficar ao mesmo tempo que se esforçava por parecer natural.

— O que você quer de mim? — disse ela num tom baixo.

— Nada, queria apenas pedir-lhe desculpas. Lamento sinceramente o que fiz. Mas, por favor, jure que não há nada entre vocês.

— Já disse que não há nada entre nós.

— Então jure!

— Não seja criança. Eu não juro por bobagens como essa.

— Porque já aconteceu alguma coisa entre vocês.

— Já lhe disse que não. Se você não acreditar, não temos mais nada a nos dizer. É apenas um amigo. Será que não tenho o direito de ter amigos? Eu o admiro, estou feliz que seja meu amigo.

— Eu sei. Não estou lhe censurando nada — disse o rapaz.

— Ele vai dar um concerto aqui amanhã. Espero que você não vá me espionar.

— Se você me der sua palavra de honra que não existe nada entre vocês.

— Já disse que não vou me rebaixar e dar minha palavra de honra por essas coisas. Mas dou minha palavra de honra que se você me espionar mais uma vez nunca mais vai me ver na sua vida.

— Ruzena, é porque te amo — disse o rapaz com um ar infeliz.

— Eu também — disse laconicamente Ruzena. — Mas por causa disso eu não vou fazer cenas na estrada.

— É porque você não me ama. Você tem vergonha de mim.

— Você está dizendo bobagens.

— Você nunca me deixa aparecer com você, sair com você...

— Cala a boca! — repetia ela quando ele levantava a voz. — Meu pai me mataria. Já te expliquei como ele me vigia. Mas agora, não se zangue, tenho que ir embora.

O rapaz segurou-a pelo braço:

— Não vá embora tão depressa.

Ruzena, desesperada, levantou os olhos para o teto.

O rapaz disse:

— Se nós nos casássemos seria diferente. Ele não poderia dizer nada. Teríamos um filho.

— Não quero ter filho — disse Ruzena vivamente. — Preferiria me matar a ter um filho!

— Por quê?

— Porque sim. Porque não quero filho.

— Eu te amo, Ruzena — disse mais uma vez o rapaz.

E Ruzena respondeu:

— E por causa disso você quer me levar ao suicídio, não é?

— Ao suicídio? — perguntou ele com surpresa

— Sim! Ao suicídio!

— Ruzena! — disse o rapaz.

— Você vai me levar ao suicídio! Garanto! Claro que vai!

— Será que posso vir hoje à noite? — perguntou ele humildemente.

— Não, hoje não — disse Ruzena. Depois, compreendendo que precisava acalmá-lo, acrescentou num tom mais conciliador: — Você pode me telefonar para cá, Frantisek. Mas não antes de segunda-feira. — E virou as costas.

— Espere — disse o rapaz. — Trouxe uma coisa para você. Para você me perdoar — e entregou-lhe um pequeno embrulho.

Ela o apanhou e saiu rapidamente para a rua.

6

— O doutor Skreta é excêntrico a esse ponto, ou ele finge? — perguntou Olga a Jakub.

— É a pergunta que me faço desde que o conheço — respondeu Jakub.

— Os excêntricos têm uma vida bem boa quando conseguem fazer respeitar sua excentricidade — disse Olga. — O doutor Skreta é incrivelmente distraído. Bem no meio de uma conversa ele esquece o que estava falando um segundo antes. Algumas vezes começa a bater papo na rua e chega ao consultório com duas horas de atraso. Mas ninguém ousa exigir nada dele porque o doutor é um excêntrico oficialmente reconhecido e só um grosseiro poderia contestar seu direito à excentricidade.

— Excêntrico ou não, acho que ele trata bem de você.

— Sem dúvida, mas todo mundo aqui tem a impressão que seu consultório médico é para ele uma coisa secundária que o impede de consagrar-se a projetos muito mais importantes. Amanhã, por exemplo, ele vai tocar bateria.

— Espera aí — disse Jakub, interrompendo Olga. — Então essa história é verdadeira?

— Claro! Toda a estação de águas está coberta de cartazes anunciando que o célebre trompetista Klima vai dar um concerto aqui amanhã e que o doutor Skreta vai acompanhá-lo na bateria.

— É inacreditável — disse Jakub. — Não me surpreendeu absolutamente que Skreta tivesse intenção de tocar bateria. Skreta é o maior sonhador que já conheci. Mas nunca o vi realizar um só de seus sonhos. Quando nos conhecemos, na universidade, Skreta não tinha muito dinheiro. Estava sempre sem dinheiro e imaginava uma porção de truques para ganhar dinheiro. Naquela época, tinha o projeto de arranjar uma fêmea de raça welsh-terrier, pois lhe disseram que os cachorrinhos dessa raça eram vendidos por quatro mil coroas cada um. Fez os cálculos imediatamente. A cadela teria a cada ano duas ninhadas de cinco crias. Duas vezes cinco, dez; dez vezes quatro mil somam quarenta mil coroas por ano. Ele tinha pensado em tudo. Com grande esforço assegurou a colaboração do diretor do restaurante universitário que prometeu lhe dar todos os dias os restos da cozinha para o cachorro. Redigiu o diploma de duas estudantes para que passeassem com seu cachorro todos os dias. Ele morava num alojamento de estudantes onde era proibido ter cachorros. A partir daí ofereceu todas as semanas um buquê de rosas para a diretora, até que ela prometesse fazer uma exceção em seu favor. Durante dois meses ele preparara o terreno para sua cadela, mas sabíamos que ele jamais a teria. Precisaria de quatro mil coroas para comprá-la e ninguém queria emprestar o dinheiro. Ninguém o levava a sério. Todo mundo o considerava um sonhador, claro que excepcionalmente refinado, e empreendedor, mas apenas no terreno do imaginário.

— É sem dúvida encantador, mas apesar disso não consigo compreender sua estranha afeição por ele. Não se pode mesmo contar com ele. Ele é incapaz de chegar na hora e esquece no dia seguinte o que prometeu na véspera.

— Não é bem assim. Ele me ajudou muito em outros tempos. Na verdade, nunca ninguém me ajudou tanto quanto ele.

Jakub enfiou a mão no bolso de cima de seu casaco e dele tirou um papel de seda amassado. Desdobrou-o e apareceu um comprimido azul-claro.

— O que é isto? — perguntou Olga.
— Veneno.

Jakub saboreou por um instante o silêncio interrogador da moça e continuou:

— Tenho este comprimido há mais de quinze anos. Depois do ano que passei na prisão, compreendi uma coisa. Devemos ter pelo menos uma certeza: a de ficar dono da própria morte e poder escolher a hora e o modo de morrer. Com esta certeza você pode suportar muitas coisas. Sabe que pode escapar deles quando quiser.

— Você tinha esse comprimido na prisão?
— Infelizmente, não! Mas consegui logo que saí.
— Quando já não precisava mais?
— Neste país nunca se sabe quando iremos precisar de uma coisa destas. E depois, para mim é uma questão de princípio. Todo homem deveria receber um veneno no dia de sua maioridade. Uma cerimônia solene deveria acontecer nessa ocasião. Não para incitá-lo ao suicídio, mas, ao contrário, para que viva com mais segurança e mais serenidade. Para que viva sabendo que é dono da sua vida e da sua morte.

— E como é que você arranjou esse veneno?
— Skreta estava começando como bioquímico num laboratório. Procurei antes uma outra pessoa, que achou ser um dever moral me recusar o veneno. Skreta fabricou o comprimido ele mesmo, sem hesitar um segundo.

— Talvez porque seja um excêntrico.

93

— Talvez. Mas sobretudo porque me compreendeu. Ele sabia que não sou um histérico que se realiza com comédias de suicídio. Ele compreendeu o que estava em jogo para mim. Vou devolver-lhe hoje o comprimido. Não terei mais necessidade dele.

— Todos os perigos passaram?

— Amanhã de manhã deixo definitivamente este país. Fui convidado por uma universidade e consegui das autoridades a licença para partir.

Finalmente falou. Jakub olhava Olga e via que ela sorria. Segurou-lhe a mão:

— É verdade? É uma notícia muito boa! Estou muito contente por você!

Olga demonstrava a mesma alegria desinteressada que ele teria sentido se soubesse que ela iria partir para o exterior, onde havia uma vida mais agradável. Ele estava surpreso, pois sempre temera que ela tivesse uma ligação sentimental com ele. Ficou feliz que não fosse assim, mas, para sua própria surpresa, estava um pouco decepcionado.

Olga estava tão interessada na revelação de Jakub que esqueceu de interrogá-lo sobre o comprimido azul-claro colocado entre os dois sobre o papel de seda amassado, e Jakub teve de contar-lhe em detalhes todas as circunstâncias de sua futura carreira.

— Fico extremamente contente que você tenha conseguido. Aqui, você sempre seria alguém suspeito. Nem permitiram que você exercesse sua profissão. E assim mesmo ficam o tempo todo pregando o amor à pátria. Como amar um país em que você é proibido de trabalhar? Posso dizer que não sinto nenhum amor por minha pátria. É errado de minha parte?

— Não sei de nada — disse Jakub. — Realmente não sei de nada. No que me diz respeito, eu era muito apegado a este país.

— Talvez seja errado — continuou Olga —, mas não me sinto ligada a nada. O que é que poderia me prender aqui?

— Mesmo as lembranças dolorosas são um laço que nos prende.

— Prende a quê? Ficar no mesmo país em que nascemos? Não compreendo que se possa falar de liberdade sem tirar este fardo dos ombros. Como se uma árvore se sentisse em casa num lugar em que não pudesse crescer. A árvore se sente em casa no lugar em que há frescor. E você sente isso aqui?

— De modo geral, sim. Agora que estão me deixando finalmente estudar, estou conseguindo o que queria. Vou estudar minhas ciências naturais, e não quero ouvir falar de mais nada. Não fui eu que inventei este regime e não sou absolutamente responsável por ele.

— Mas quando é exatamente que você vai embora?

— Amanhã.

— Tão depressa? — Ela segurou-lhe a mão. — Por favor. Já que você foi tão gentil em vir me dizer adeus, não se apresse tanto.

Era sempre diferente daquilo que esperava. Ela não se comportava nem como uma moça que o amasse secretamente, nem como uma filha adotiva que sentisse por ele um amor filial desencarnado. Com ternura eloquente, ela segurava-lhe a mão, olhava-o nos olhos e repetia:

— Não se apresse! Não teria nenhum sentido para mim que você parasse aqui só para me dizer adeus.

Jakub estava quase perplexo:

— Vamos ver — disse ele. — Skreta também queria me convencer a ficar um pouco mais.

— Certamente é preciso que você fique mais tempo — disse Olga. — De qualquer maneira, temos tão pouco tempo um para o outro. Agora vou ter que voltar para os banhos...
— Depois de um minuto de reflexão afirmou que não ia a parte alguma, já que Jakub estava lá.

— Não, não. É absolutamente necessário que você vá. Você não deve negligenciar seu tratamento. Vou com você.

— Verdade? — perguntou Olga com uma voz cheia de felicidade. Depois abriu o armário para procurar alguma coisa.

O comprimido azul-claro estava colocado em cima da mesa, no papel desdobrado, e Olga, o único ser humano a quem Jakub revelara a existência dele, estava virada para o armário aberto e dava as costas para o veneno. Jakub pensou que esse comprimido azul-claro era o drama de sua vida, um drama abandonado, quase esquecido e provavelmente sem interesse. Achou que era mais do que tempo de se ver livre desse drama sem interesse, de dizer-lhe adeus bem depressa e deixá-lo para trás. Enrolou o comprimido no pedaço de papel e enfiou tudo no bolso de cima de seu paletó.

Olga tirou uma bolsa do armário, colocou nela uma toalha e fechou o armário.

— Estou pronta — disse ela a Jakub.

7

Ruzena estava sentada, sabe Deus há quanto tempo, no banco do jardim público, incapaz de se mover, sem dúvida porque seus pensamentos estavam imóveis, fixos sobre um único ponto.

Ainda ontem ela acreditava no que lhe dizia o trompetista. Não apenas porque era agradável, mas também porque era mais simples: assim, com a consciência tranquila, podia desistir de um combate para o qual lhe faltavam forças. Mas depois que suas colegas tinham caçoado dela, desconfiava de novo e pensava nele com raiva, temendo em seu íntimo não ser nem suficientemente astuta nem suficientemente teimosa para conquistá-lo.

Rasgou sem curiosidade o papel do embrulho que Frantisek tinha lhe dado. Dentro havia um tecido azul-claro e Ruzena compreendeu que ele tinha lhe dado de presente uma camisola com a qual pretendia vê-la todos os dias; todos os dias e muitos dias, durante toda a sua vida. Ela contemplou a cor azul-clara do tecido e imaginou que via a mancha azul transbordar, se estender, se transformar num pântano, um charco de bondade e dedicação, pântano de amor servil que no fim a engoliria.

Quem odiava mais? Aquele que não a queria ou aquele que a queria?

Estava assim pregada nesse banco por esses dois ódios e não sabia nada do que se passava em torno dela. Um micro-ônibus parou na beira da calçada, seguido de um caminhão verde, fechado, do qual chegavam a Ruzena os uivos e latidos de cães. As portas do micro-ônibus se abriram e delas saiu um velho que usava uma braçadeira vermelha na manga. Ruzena olhava em frente com um ar embotado e ficou um minuto sem entender o que via.

O velho gritou uma ordem em direção ao micro-ônibus e um outro velho desceu, usando também uma braçadeira vermelha na manga e segurando uma vara de três metros em cuja extremidade estava fixada uma argola de arame. Desceram outros homens e enfileiraram-se em frente ao micro-ônibus. Eram todos homens idosos, todos tinham uma braçadeira vermelha e seguravam na mão longas varas em cuja ponta havia uma argola de arame.

O homem que descera primeiro não tinha vara e dava as ordens; os senhores velhos, como uma legião de estranhos lanceiros, executaram muitas posições de sentido e de repouso. Depois o homem gritou uma outra ordem e o esquadrão de velhos lançou-se em passo de corrida para o jardim público. Lá dispersaram-se e cada um correu numa direção, alguns para as aleias, outros para os gramados. Os curistas passeavam no jardim, as crianças brincavam, todo mundo parou de repente para olhar com espanto esses velhos senhores que partiam para o ataque armados de longas varas.

Ruzena também saiu do estupor de sua meditação para observar o que se passava. Tinha reconhecido seu pai entre os velhos e o observara com repugnância, mas sem surpresa.

Um cão vadio trotava no gramado ao pé de uma bétula. Um dos velhos começara a correr em sua direção e o cão o olhava com espanto. O velho brandia a vara e tentava enfiar a argola de arame na frente da cabeça do animal. Mas a vara era comprida, as mãos senis eram fracas, e o velho não conseguia. A argola de arame oscilava em volta da cabeça do cachorro, que a observava com curiosidade.

Porém, logo um outro aposentado que tinha um braço mais forte acorria para socorrer o velho, e o cachorrinho finalmente foi feito prisioneiro da argola de arame. O velho puxou a vara, o arame enterrou-se na garganta peluda e o cão soltou um uivo. Os dois aposentados deram grandes gargalhadas e arrastaram o animal sobre o gramado até os carros estacionados. Abriram a grande porta do caminhão, de onde saiu uma onda sonora de latidos; jogaram o vadio no caminhão.

Tudo o que Ruzena via era apenas um elemento de sua própria história: uma mulher infeliz presa entre dois mundos — o mundo de Klima a rejeitava, e o mundo de Frantisek, de onde queria escapar (o mundo da banalidade e do tédio, o mundo da derrota e da capitulação), vinha aqui buscá-la sob o aspecto dessa tropa de combate, como se quisesse arrastá-la numa dessas argolas de arame.

Numa aleia de areia do jardim público, um garoto de uns dez anos chamava desesperadamente seu cachorro que se perdera atrás de uma moita. Mas, em vez do cachorro, o pai de Ruzena, armado de uma vara, aproximou-se correndo da criança. Esta calou-se logo. Temia chamar seu cão, sabendo que o velho iria pegá-lo. Começou a correr na aleia para fugir, mas o velho também corria. No momento, corriam um de frente para o outro. O pai de Ruzena, armado com sua vara, e o garoto que soluçava enquanto corria. Depois o garoto deu meia-volta e, sem deixar de correr, voltou para trás. O pai de Ruzena também deu meia-volta. Mais uma vez, corriam lado a lado.

Um basset dachshund saiu de dentro de uma moita. O pai de Ruzena estendeu sua vara para ele, mas o cachorro livrou-se, bruscamente, e correu para perto do garoto, que o levantou do chão e o apertou contra o corpo. Outros velhos precipitaram-se para ajudar o pai de Ruzena e arrancaram o cão dos braços do garoto. O menino chorava, gritava e se debatia, de modo que os velhos tiveram de torcer seus braços e tapar sua boca, por que seus gritos chamavam demais a atenção dos transeuntes, que se viravam mas temiam intervir.

Ruzena não queria mais ver o pai nem os companheiros dele. Mas para onde ir? Em seu quarto havia um romance policial que ela não terminara e que não a interessava; no cinema estavam levando um filme que ela já vira, e no hall do Richmond havia uma televisão que funcionava permanentemente. Ela optou pela televisão. Levantou-se do banco e, em meio ao clamor dos velhos que continuava a lhe chegar de todos os lados, retomou com intensidade a consciência do conteúdo de suas entranhas, e sentiu que era um conteúdo sagrado. Ele a transformava e a enobrecia. Ele a distinguia desses loucos que caçavam os cachorros. Ela pensava que não tinha o direito de renunciar, que não tinha o direito de capitular porque em seu ventre trazia sua única esperança; seu único bilhete de entrada para o futuro.

Ao chegar na extremidade do jardim público, avistou Jakub. Ele estava em frente ao Richmond, na calçada, e observava a cena do jardim público. Ela o vira apenas uma vez, durante o almoço, mas lembrava-se dele. A curista que era sua vizinha provisória, que batia na parede cada vez que ela punha o rádio um pouco mais alto, lhe era extremamente antipática, de modo que Ruzena sentia uma repugnância especial por tudo o que lhe dizia respeito.

O rosto desse homem lhe desagradava. Achava-o irônico, e Ruzena detestava ironia. Ela pensava sempre que a ironia (toda forma de ironia) era como uma sentinela armada, postada na entrada do futuro onde ela, Ruzena, queria entrar, mas que essa sentinela examinava-a com olhar inquisidor e a rejeitava abanando a cabeça. Ela empinou o peito e decidiu passar em frente a esse homem com toda a arrogância provocadora de seus seios, com todo o orgulho de seu ventre.

E esse homem (ela o observava somente com o canto do olho) disse, de repente, com uma voz terna e doce:

— Venha aqui... venha comigo...

A princípio ela não compreendeu por que ele se dirigia a ela. A ternura de sua voz a desconcertava, e ela não sabia o que responder. Mas depois, virando-se, se deu conta de que um bóxer muito mal-encarado a seguia de perto.

A voz de Jakub atraiu o cachorro. Ele segurou-o pela coleira:

— Venha comigo, senão você não vai ter a menor chance. — O cachorro levantou para Jakub uma cabeça confiante, de onde pendia a língua como uma alegre bandeira.

Foi um segundo cheio de uma humilhação ridícula, fútil, mas evidente: o homem não tinha percebido nem sua arrogância provocadora, nem seu orgulho. Ela achou que ele falava com ela e ele falava com o cachorro. Ela passou em frente a ele e parou na escadaria do Richmond.

Dois velhos armados de varas acabavam de atravessar a calçada e se precipitavam sobre Jakub. Ela observava a cena com maldade e não podia deixar de ficar do lado dos velhos.

Jakub levava o cachorro pela coleira em direção à escadaria do hotel e um velho gritou-lhe:

— Largue imediatamente este cachorro!

E o outro velho:

— Em nome da lei!

Jakub fingiu não notar os velhos e continuava em frente, mas, por detrás, uma vara abaixava-se lentamente ao longo de seu corpo e o aro de arame oscilava desajeitadamente em cima da cabeça do bóxer.

Jakub segurou a extremidade da vara e afastou-a energicamente. O terceiro velho apareceu e gritou:

— É um atentado à ordem pública! Vou chamar a polícia!

A voz aguda de um outro velho acusava:

— Ele corria no parque! Ele corria no playground, o que é proibido! Fez pipi na areia das crianças! Você gosta mais dos cachorros do que das crianças.

Ruzena observava a cena do alto da escadaria e o orgulho que ela sentira um instante antes somente em seu ventre invadia todo o seu corpo e a enchia de uma força incisiva. Jakub e o cachorro aproximavam-se dela nas escadas e ela disse a Jakub:

— Você não tem o direito de entrar aqui com o cachorro.

Jakub respondeu com a voz tranquila, mas ela não podia recuar. Plantou-se, com as pernas separadas, em frente à grande porta do Richmond e repetia:

— É um hotel para curistas, não um hotel para cachorros. É proibido cachorros, aqui.

— Por que você não pega uma vara com uma argola, você também, senhorita? — disse Jakub querendo atravessar a porta com o cachorro.

Ruzena percebeu na frase de Jakub a tão detestada ironia que a fazia voltar de onde viera, lá onde não queria estar. A cólera toldava-lhe o olhar. Ela segurou o cachorro pela coleira. Agora, ambos o seguravam. Jakub puxava-o para dentro e ela o empurrava para fora.

Jakub pegou Ruzena pelo pulso e tirou seus dedos da coleira, tão violentamente que ela cambaleou.

— Você gostaria mais de ver cachorrinhos do que crianças nos berços! — gritou-lhe ela.

Jakub virou-se e seus olhares se cruzaram, pregados um no outro por uma raiva súbita e nua.

8

O bóxer passeava pela sala com curiosidade e não desconfiava absolutamente que acabava de escapar de um perigo. Jakub estava espichado no sofá pensando no que iria fazer. O cachorro lhe agradava, era alegre e cheio de bom humor. A facilidade com que tinha, em alguns minutos, se aclimatado a um quarto e feito amizade com um estranho era quase suspeita e parecia próxima da ingenuidade. Depois de ter cheirado todos os cantos da peça, ele pulou no sofá e espichou-se ao lado de Jakub. Jakub estava surpreso, mas acolheu sem reserva essa prova de camaradagem. Colocou a mão no dorso do cachorro e sentiu com prazer o calor do corpo animal. Sempre gostara de cachorros. Eles eram próximos, afetuosos, devotados e ao mesmo tempo inteiramente incompreensíveis. Nunca se saberá o que se passa realmente na cabeça e no coração desses confiantes e alegres mensageiros da natureza inatingível.

Ele coçava o dorso do animal e pensava na cena que acabara de testemunhar. Os velhos senhores armados com longas varas confundiam-se, para ele, com os guardas da prisão, os juízes e os delatores que espionavam para ver se o vizinho falava de política quando saía para fazer compras. O que levava essas pessoas à sua sinistra atividade? A maldade? Claro, mas também o desejo de ordem. Porque o desejo de ordem quer transformar o mundo humano num reino inorgânico em que tudo acontece, tudo funciona, tudo é submetido a uma vontade impessoal. O desejo de ordem é ao mesmo tempo desejo de morte, porque a vida é perpétua violação da ordem. Ou, inversamente, o desejo de ordem é o pretexto virtuoso pelo qual a raiva do homem pelo homem justifica suas sevícias.

Depois pensou na moça loira que queria impedi-lo de entrar no Richmond com o cachorro, e sentiu por ela um ódio doloroso. Os velhos armados de varas não o irritavam, ele os conhecia bem, ele levava isso em consideração; nunca duvidara de sua existência, nem que deviam existir e que seriam sempre seus perseguidores. Mas aquela moça era sua perpétua derrota. Era bonita e aparecera em cena não como perseguidora, mas como espectadora que, fascinada pelo espetáculo, identifica-se com os perseguidores. Jakub sempre ficava horrorizado com a ideia de que aqueles que olham estarão sempre prontos a apoiar a execução da vítima. Pois, com o tempo, o carrasco tornou-se um personagem próximo e familiar, enquanto o perseguido tem qualquer coisa que cheira a aristocracia. A alma da multidão que outrora se identificava com os miseráveis perseguidos hoje se identifica com a miséria dos perseguidores. Porque a caça ao homem, em nosso século, é a caça aos privilegiados: àqueles que leem livros ou que têm um cachorro.

Sentia na mão o calor do animal e pensava que aquela moça loira tinha vindo para anunciar-lhe, como um sinal secreto, que ele jamais seria amado nesse país, e que ela, a enviada do povo, estaria sempre pronta a retê-lo para oferecê-lo aos homens que o ameaçariam com suas varas de argolas de arame. Ele abraçou o cachorro e apertou-o contra si. Achava que não podia deixá-lo ali, entregue à própria sorte, que deveria levá-lo com ele para longe desse país como uma testemunha das perseguições, como um daqueles que tinham escapado. Pensou depois que escondia aqui este cachorro feliz como um proscrito fugindo da polícia, e essa ideia pareceu-lhe cômica.

Bateram na porta e o dr. Skreta entrou:

— Até que enfim você voltou, já era tempo. Procurei você a tarde toda. Por onde você andou?

— Fui ver Olga e depois... — Ele queria contar o episódio do cachorro, mas Skreta interrompeu:

— Eu bem imaginei. Perder seu tempo assim quando temos tantas coisas a conversar! Já disse a Bertlef que você está aqui e consegui que ele convidasse nós dois.

Nesse momento, o cachorro saltou do sofá, aproximou-se do doutor, levantou-se nas patas traseiras, colocou-lhe as patas da frente no peito. Skreta coçou o cachorro no pescoço.

— Pois, é, Bob, é isso mesmo, você é bonzinho... — disse ele sem se espantar com nada.

— Ele se chama Bob?

— É, é o Bob — disse Skreta, e explicou que o cachorro pertencia ao dono de um hotel campestre, situado perto da cidade; todo mundo conhecia o cachorro, porque ele andava por todo lado.

O cachorro compreendia que se falava dele, isso lhe dava prazer. Ele balançava o rabo e queria lamber o rosto de Skreta.

— Você é um bom psicólogo — disse o doutor. — É preciso que você faça um bom estudo dele para mim. Eu não sei por onde começar. Tenho grandes planos com ele.

— Vender imagens sacras?

— Imagens sacras é uma besteira — disse Skreta. — Trata-se de uma coisa muito mais importante. Quero que ele me adote.

— Que ele adote você?

— Que ele me adote como filho. É vital para mim. Se eu me torno filho adotivo, obtenho automaticamente a nacionalidade americana.

— Você quer emigrar?

— Não. Comecei aqui experiências de longo alcance e não quero interrompê-las. Aliás, preciso falar delas hoje com você, porque terei necessidade de você para essas experiências. Mas com a nacionalidade americana, conseguirei também o passaporte americano e poderei viajar livremente no mundo inteiro. Você bem sabe que, de outra forma, um homem comum nunca pode sair deste país. E eu tenho tanta vontade de ir à Islândia.

— Por que logo à Islândia?

— É o melhor lugar para pescar salmão — disse Skreta. E prosseguiu: — O que complica um pouco as coisas é que Bertlef só tem sete anos mais do que eu. Vou ter que explicar a ele que a paternidade adotiva é um estado jurídico que não tem nada em comum com a paternidade natural e que, teoricamente, ele poderia ser meu pai adotivo mesmo se fosse mais moço do que eu. Ele talvez compreendesse, mas tem uma mulher moça. É uma de minhas pacientes. Aliás, ela chegará aqui depois de amanhã. Mandei Suzy a Praga para recebê-la à chegada do avião.

— Suzy está a par do seu projeto?

— Claro. Eu ordenei-lhe, a qualquer preço, que conquistasse a simpatia de sua futura sogra.

— E o americano? Que disse ele?

— É justamente isso o mais difícil. O sujeito é incapaz de compreender meias palavras. É por isso que preciso de você, para que você o estude e me diga como me comportar com ele.

Skreta olhou seu relógio e anunciou que Bertlef os esperava.

— Mas o que vamos fazer com Bob? — perguntou Jakub.

— Como é que você o trouxe para cá? — perguntou Skreta. Jakub explicou ao seu amigo como tinha salvado a vida do cachorro, mas Skreta estava mergulhado em seus pensamentos e ouvia-o distraidamente. Quando Jakub terminou, ele disse:

— A dona do hotel é uma de minhas pacientes. Há dois anos ela deu à luz um bonito bebê. Eles gostam muito de Bob, você deveria devolvê-lo a eles amanhã. Enquanto isso, vamos dar-lhe um tranquilizante para ele nos deixar em paz.

Tirou um frasco do bolso e pegou um comprimido. Chamou o cachorro, abriu-lhe a boca e jogou-lhe um comprimido na goela.

— Num minuto, ele vai dormir um sono sossegado — disse ele, e saiu do quarto com Jakub.

9

Bertlef deu as boas-vindas aos dois visitantes e Jakub passou os olhos pela sala. Aproximou-se do quadro que representava um santo de barbas.

— Ouvi dizer que você pinta — disse ele a Bertlef.

— É — respondeu Bertlef —, é são Lázaro, meu padroeiro.

— Por que você colocou nele uma auréola azul? — perguntou Jakub, mostrando sua surpresa.

— Fico contente que você me faça essa pergunta. Em geral, as pessoas olham o quadro e não sabem nem mesmo o que veem. Eu fiz uma auréola azul simplesmente porque, na realidade, uma auréola é azul.

Jakub mostrou mais uma vez sua surpresa e Bertlef continuou:

— As pessoas que se ligam a Deus por um amor especialmente poderoso sentem, como recompensa, uma sagrada alegria que se espalha por todo o seu ser e daí resplandece no exterior. A luz dessa alegria divina é serena e doce e tem a cor azul-celeste.

— Espere — interrompeu Jakub. — Você quer dizer que a auréola é mais do que um símbolo?

— Certamente — disse Bertlef. — Mas não pense você que ela emana permanentemente da cabeça dos santos e que os santos saíam pelo mundo como lampiões itinerantes. Claro que não. Não é senão em certos momentos de alegria interior intensa que sua fronte lança uma luz azulada. Nos primeiros séculos que se seguiram à morte de Jesus, numa época em que os santos eram numerosos e havia muitas pessoas que os conheciam intimamente, ninguém tinha a menor dúvida quanto à cor da auréola, e, em todas as pinturas e afrescos daquele tempo, você pode constatar que a auréola é azul. Foi somente a partir do século V que os pintores começaram, aos poucos, a representá-la com cores diferentes, por exemplo, em laranja ou amarelo. Mais tarde, na pintura gótica, só se veem auréolas douradas. Era mais decorativo e traduzia melhor o poder da terra e a glória da Igreja. Mas esta auréola parece-se tanto com a auréola verdadeira quanto a Igreja da época com o cristianismo primitivo.

— É uma coisa que eu ignorava — disse Jakub, e Bertlef dirigiu-se ao armário de bebidas. Discutiu alguns instantes com os dois visitantes para saber que garrafa escolher. Depois de ter posto conhaque nos três copos, virou-se para o médico:

— Não esqueça, por favor, deste infeliz pai. É muito importante para mim!

Skreta assegurou a Bertlef que tudo acabaria bem e Jakub perguntou do que se tratava. Depois de saber o que era (apreciemos a elegante discrição dos dois homens que não mencionaram nenhum nome, nem mesmo diante de Jakub), ele expressou sua grande pena pelo infeliz procriador:

— Quem, entre nós, não viveu esse calvário! É uma das grandes provas da vida. Aqueles que sucumbem a isso e se tornam pais, contra sua vontade, ficam para sempre condenados à sua derrota. Tornam-se maus, como todos os homens que perderam e desejam a mesma sorte a todos os outros.

— Meu amigo! — exclamou Bertlef. — Você está falando diante de um pai feliz! Se ficar aqui mais um ou dois dias vai ver meu filho, que é uma bela criança, e vai retirar o que acaba de dizer!

— Não vou retirar nada — disse Jakub —, porque você não foi pai sem querer!

— Claro que não. Tornei-me pai por minha inteira vontade e graças ao doutor Skreta.

O dr. concordou com um ar satisfeito e declarou que também tinha uma ideia de paternidade diferente da de Jakub, como aliás testemunhava o estado abençoado de sua querida Suzy.

— A única coisa — acrescentou — que me faz ficar um pouco perplexo quanto ao assunto da procriação é a escolha sem critério dos pais. É inacreditável que indivíduos horrendos possam se decidir a procriar. Eles acham, sem dúvida, que o fardo da feiura será mais leve se eles o dividirem com sua descendência.

Bertlef qualificou de racismo estético o ponto de vista do dr. Skreta:

— Não esqueça, não apenas Sócrates era um feioso, mas muitos amantes ilustres não se distinguiram absolutamente pela perfeição física. O racismo estético é quase sempre uma marca de inexperiência. Aqueles que não penetraram um pouco mais longe no mundo dos prazeres amorosos só podem julgar as mulheres por aquilo que veem. Mas aqueles que realmente as conhecem, sabem que o olho revela apenas uma fração mínima daquilo que uma mulher pode nos oferecer. Quando Deus convidou a humanidade a amar e a reproduzir-se, doutor, ele pensava tanto nos que são feios quanto nos que são belos. Aliás, estou convencido de que o critério estético não vem de Deus mas do Diabo. No paraíso ninguém distinguia entre a feiura e a beleza.

Jakub retomou a palavra e afirmou que os motivos estéticos não desempenhavam nenhum papel importante na repugnância que sentia em procriar.

— Mas eu poderia citar-lhes dez outras razões para não ser pai.

— Fale, estou curioso por ouvi-las — disse Bertlef.

— Primeiro, não gosto da maternidade — disse Jakub, e ele parou, sonhador. — A era moderna já desmascarou todos os mitos. A infância há muito já deixou de ser a idade da inocência. Freud descobriu a sexualidade do bebê e nos disse tudo sobre Édipo. Apenas Jocasta continua intocável, ninguém ousa tirar-lhe o véu. A maternidade é o último e o maior tabu, aquele que atrai a mais grave maldição. Não existe vínculo mais forte do que esse que prende a mãe a seu filho. Esse vínculo mutila para sempre a alma da criança e prepara para a mãe, quando seu filho cresce, as mais cruéis de todas as dores do amor. Afirmo que a maternidade é uma maldição e recuso-me a contribuir para ela.

— E ainda... — disse Bertlef.

— Uma outra razão que faz com que eu não queira aumentar o número de mães — disse Jakub com certo embaraço — é que amo o corpo feminino e não posso pensar, sem repugnância, que o seio de minha bem-amada vai se transformar num saco de leite.

— E depois... — disse Bertlef.

— O doutor na certa vai nos confirmar que os médicos e as enfermeiras tratam com muito mais dureza as mulheres hospitalizadas depois da interrupção de uma gravidez do que as parturientes, demonstrando-lhes assim um certo desprezo, muito embora possam certamente precisar, pelo menos uma vez na vida, de uma intervenção semelhante. Mas neles é um reflexo mais forte do que qualquer reflexão, porque o culto da procriação é um imperativo da natureza. Por isso é inútil procurar o menor argumento racional na propaganda da natalidade. Será a voz de Jesus que ouvimos, segundo vocês, na questão da natalidade colocada pela Igreja, ou será Marx que ouvimos na propaganda do Estado comunista a favor da procriação? Guiada pelo desejo único de perpetuar a espécie, a humanidade acabará por sufocar-se sobre seu pequeno planeta. Mas a propaganda da natalidade continua e o público derrama lágrimas de emoção quando vê a imagem de uma mãe amamentando ou de um bebê chorando. Isso me repugna. Quando penso que poderia, com outros milhões de entusiastas, inclinar-me sobre um berço com um sorriso parvo, isso me dá um frio na espinha.

— E ainda... — disse Bertlef.

— E, é claro, tenho também que me perguntar para que mundo mandarei meu filho. A escola não tardará a tirá-lo de mim para encher-lhe o crânio de contraverdades que eu mesmo combati em vão, durante toda a minha vida. Será preciso ver meu filho tornar-se a meus olhos um cretino conformista? Ou eu deveria inculcar-lhe minhas próprias ideias e vê-lo sofrer porque seria arrastado para os mesmos conflitos que eu?

— E... — disse Bertlef.

— E, evidentemente, tenho que pensar em mim também. Neste país, os filhos pagam pela desobediência dos pais e os pais pela desobediência dos filhos. Quantos jovens se viram proibidos de estudar porque os pais tinham caído em desgraça! E quantos pais aceitaram definitivamente a covardia unicamente para não prejudicar os filhos? Aqui, quem quiser conservar pelo menos uma certa liberdade, não deve ter filhos — disse Jakub, e calou-se.

— Faltam ainda cinco razões para você completar o decálogo — disse Bertlef.

— A última razão tem um tal peso que, sozinha, vale por

cinco. Ter um filho é manifestar um acordo absoluto com o homem. Se tenho um filho, é como se dissesse: nasci, apreciei a vida e constatei que ela é tão boa que merece ser repetida.

— E você não acha que a vida é boa? — perguntou Skreta. Jakub queria ser preciso e disse com prudência:

— Sei apenas uma coisa, é que nunca poderei dizer com total convicção: o homem é um ser maravilhoso e quero reproduzi-lo.

— É porque você conheceu da vida apenas um e o pior aspecto — disse o dr. Skreta. — Você nunca soube viver. Sempre achou que seu dever era, como se diz, participar. Ficar no centro da realidade. Mas o que era para você a realidade? A política. E a política é a espuma suja na superfície do rio, enquanto a vida do rio se passa numa profundidade muito maior. O estudo da fecundidade feminina já dura milhares de anos. É uma história sólida e certa. Para ela é inteiramente indiferente que este ou aquele governo esteja no poder. Eu, quando ponho uma luva de borracha e examino os órgãos femininos, estou muito mais próximo do centro da vida do que você, que quase perdeu a vida porque se preocupava com o bem da humanidade.

Em vez de protestar, Jakub aprovava as críticas do amigo, e o dr. Skreta, sentindo-se encorajado, continuou:

— Arquimedes diante de suas circunferências, Michelangelo diante de seu bloco de pedra, Pasteur diante de seus tubos de ensaio, foram eles e apenas eles que transformaram a vida dos homens e fizeram a história real, ao passo que os políticos... — Skreta, depois de uma pausa, fez com a mão um gesto de desprezo.

— Ao passo que os políticos...? — perguntou Jakub, e prosseguiu: — Vou lhe dizer. Se a ciência e a arte são de fato a própria, a verdadeira arena da história, a política é, ao contrário, o laboratório científico fechado em que o homem se submete a experiências inacreditáveis. Nela, cobaias humanas são jogadas em alçapões e depois levadas para o palco, seduzidas pelos aplausos e apavoradas pela forca, denunciadas e obrigadas a delatar. Trabalhei neste centro de experiências como laboratorista, mas também servi nele muitas vezes de vítima para vivissecção. Sei que não criei nenhum valor (não mais do que aqueles que trabalhavam comigo), mas sem dúvida compreendi, melhor do que outros, o que é o homem.

— Compreendo você — disse Bertlef — e também conheço este centro de experiências, se bem que nunca tenha trabalhado nele como laboratorista, mas sempre como cobaia. Estava na Alemanha quando estourou a guerra. Foi a mulher que eu amava na época que me denunciou à Gestapo. Foram procurá-la e mostraram-lhe minha fotografia na cama com uma outra. Isso a magoou, e você sabe que o amor tem, muitas vezes, os traços do ódio. Entrei na prisão com a estranha sensação de ter sido levado até lá pelo amor. Não é admirável se ver nas mãos da Gestapo e saber que aquilo é, na realidade, o privilégio de um homem amado demais?

Jakub respondeu:

— Se alguma coisa sempre me desgostou no homem, é ver como sua crueldade, sua baixeza e sua burrice conseguem revestir-se da máscara do lirismo. Ela o enviou para a morte e viveu isto como proeza sentimental de um amor ferido. E você subiu ao cadafalso por causa de uma mulher limitada, com a sensação de representar um papel numa tragédia que Shakespeare teria escrito para você.

— Depois da guerra ela veio chorando me ver — continuou Bertlef, como se não tivesse ouvido as objeções de Jakub. — Eu disse a ela: Fique tranquila, Bertlef não se vinga nunca.

— Sabe — disse Jakub —, penso muitas vezes no rei

Herodes. Você conhece a história. Conta-se que Herodes, tendo sabido que o futuro rei dos judeus acabara de nascer, mandou assassinar todos os recém-nascidos com medo de perder o trono. Pessoalmente, imagino Herodes de outro modo, sabendo que é apenas um jogo de imaginação. Penso que Herodes era um rei instruído, sábio e muito generoso, que tinha trabalhado muito tempo no laboratório da polícia e que aprendera a conhecer a vida e os homens. Tinha compreendido que o homem não deveria ter sido criado. Aliás, suas dúvidas não eram assim tão sem propósito e condenáveis. Se não me engano, o Senhor também duvidou do homem e admitiu a ideia de destruir esta parte de sua obra.

— Sim — concordou Bertlef —, está escrito no sexto capítulo do Gênesis: "exterminarei da face da terra o homem que criei, pois me arrependo de tê-lo feito".

— É, talvez não passe de um momento de fraqueza da parte do Senhor ter permitido finalmente que Noé se refugiasse numa arca para recomeçar a história da humanidade. Podemos ter certeza de que Deus nunca lamentou esta fraqueza? Só que, tenha ele lamentado ou não, nada mais há a fazer. Deus não pode se ridicularizar mudando incessantemente as decisões. Mas, e se foi ele que pôs essa ideia na cabeça de Herodes? Será que isso não é possível?

Bertlef levantou os ombros e não disse nada.

— Herodes era rei. Não era responsável apenas por si mesmo. Não podia dizer como eu: que os outros façam como queiram, eu me recuso a procriar. Herodes era rei e sabia que não devia decidir apenas para si, mas também para os outros, e decidiu em nome de toda a humanidade que o homem não iria se reproduzir nunca mais. Foi assim que começou o massacre dos recém-nascidos. Seus motivos não eram assim tão vis quanto lhe são atribuídos pela tradição. Herodes estava movido pela vontade, a mais generosa, de enfim libertar o mundo das garras do homem.

— Sua interpretação de Herodes me agrada muito — disse Bertlef. — Ela me agrada tanto que a partir de hoje vou dar a sua explicação sobre o massacre dos inocentes. Mas não se esqueça de uma coisa: no exato momento em que Herodes decidiu que a humanidade deixaria de existir, nasceu em Belém um menino que escapou do seu facão. E esse menino cresceu e disse aos homens que basta uma coisa para que a vida valha a pena ser vivida: que nos amemos uns aos outros. Herodes sem dúvida era mais instruído e mais experimentado. Jesus era certamente um jovem inexperiente e não conhecia grande coisa da vida. Todo o seu ensinamento só se explica talvez por sua juventude e sua inexperiência. Se você preferir, por sua ingenuidade. E, no entanto, ele possuía a verdade.

— A verdade? Quem demonstrou essa verdade? — perguntou Jakub energicamente.

— Ninguém — disse Bertlef —, ninguém a demonstrou e nem a demonstrará. Jesus amava tanto seu Pai que não podia admitir que sua obra fosse má. Foi levado a essa conclusão pelo amor e não pela razão. É por isso que a questão entre ele e Herodes só nosso coração pode resolver. Vale a pena ser homem, sim ou não? Não tenho nenhuma prova, mas, como Jesus, acredito que sim.

Depois de dizer isso, virou-se sorrindo para o dr. Skreta:

— Foi por isso que mandei minha mulher fazer um tratamento sob a direção do dr. Skreta, que, a meus olhos, é um dos santos discípulos de Jesus, pois sabe realizar milagres e fazer voltar a vida às entranhas sonolentas das mulheres. Faço um brinde à sua saúde.

10

Jakub sempre tratava Olga com uma seriedade paternal e, de brincadeira, gostava de qualificar-se como "velho senhor". Ela sabia, no entanto, que havia muitas mulheres com as quais ele agia de outro modo, coisa que ela invejava. Mas hoje, pela primeira vez, achava que havia mesmo em Jakub alguma coisa de velho. Na sua maneira de comportar-se com ela, sentia o cheiro de mofo que, para um jovem, parece emanar de uma geração mais velha.

Podem-se reconhecer os velhos pelo hábito de vangloriar-se de sofrimentos passados e de transformá-los num museu para o qual convidam visitantes (ah, esses tristes museus são tão pouco frequentados!). Olga compreendia que era o principal objeto vivo do museu de Jakub e que a atitude generosa e altruísta de Jakub em relação a ela tinha por objetivo provocar lágrimas nos olhos dos visitantes.

Hoje Olga tinha descoberto também o objeto inanimado mais precioso do museu: o comprimido azul-claro. Ainda agora, quando ele desdobrou diante dela o papel em que estava enrolado o comprimido, ela se surpreendeu de não sentir a menor emoção. Mesmo compreendendo que Jakub cogitara suicídio nos tempos difíceis, achava ridícula a solenidade com que ele lhe revelava o fato. Achava ridículo que ele tivesse desdobrado o papel de seda com tanta precaução, como se se tratasse de um diamante precioso. Não via por que ele queria devolver o veneno para o dr. Skreta no dia de sua partida, afirmando que todo homem adulto devia ser, em todas as circunstâncias, o dono de sua própria morte. Se, no exterior, fosse atingido por um câncer, ele não teria necessidade do veneno? Mas não, para Jakub o comprimido não era um simples veneno, era um acessório simbólico que ele agora queria devolver ao grande sacerdote durante um ofício religioso. Dava vontade de rir.

Olga saiu das termas e dirigiu-se ao Richmond. Apesar

das reflexões desiludidas, alegrava-se de ver Jakub. Tinha grande vontade de profanar seu museu, e de comportar-se não mais como objeto, mas como mulher. Ficou, portanto, um pouco decepcionada ao deparar na porta dele com um recado em que lhe pedia que fosse visitá-lo num quarto vizinho. A ideia de encontrá-lo em companhia de outras pessoas a fazia perder a coragem, ainda mais que ela não conhecia Bertlef, e o dr. Skreta a tratava, em geral, com uma amável mas visível indiferença.

Bertlef rapidamente fez com que ela esquecesse sua timidez. Apresentou-se inclinando-se gentilmente e reclamou do dr. Skreta por ainda não ter lhe apresentado uma mulher tão interessante.

Skreta respondeu que Jakub o tinha encarregado de cuidar da moça e que tinha deliberadamente se esquivado de apresentá-la a Bertlef, pois sabia que nenhuma mulher poderia resistir a ele.

Bertlef acolheu esta desculpa com uma satisfação risonha. Depois apanhou o telefone e ligou para o restaurante para pedir o jantar.

— É incrível — disse o dr. Skreta — a que ponto nosso amigo consegue viver na abundância nesse buraco onde não existe um só restaurante que sirva um jantar decente.

Bertlef remexeu numa caixa de charutos, aberta, colocada ao lado do telefone, e que estava cheia de moedas de prata de meio dólar:

— A avareza é um pecado... — disse sorrindo.

Jakub comentou nunca ter encontrado alguém que acreditasse em Deus com tanto fervor e que ao mesmo tempo soubesse aproveitar tanto a vida.

— Sem dúvida é porque você nunca encontrou um verdadeiro cristão. A palavra do Evangelho, como você sabe, é uma mensagem de alegria. Aproveitar a vida é o ensinamento mais importante de Jesus.

Olga achou que tinha ali uma oportunidade de intervir na conversa:

— Até onde posso dar crédito ao que diziam nossos professores, os cristãos viam na vida terrestre apenas um vale de lágrimas e alegravam-se com a ideia de que a vida para eles começaria depois da morte.

— Minha jovem — disse Bertlef —, não acredite nos professores.

— E todos os santos — continuou Olga — nunca fizeram outra coisa senão renunciar à vida. Em vez de fazer amor, eles se flagelavam; em vez de discutir como nós, eles se retiravam nos conventos, e em vez de pedir o jantar por telefone, eles mastigavam raízes.

— Você não compreende nada dos santos, senhorita. Essas pessoas eram infinitamente ligadas aos prazeres da vida. Só que os atingiam por outros meios. Na sua opinião, qual é o prazer supremo para o homem? Você pode tentar adivinhar, mas vai se enganar, porque você não é suficientemente sincera. Não é uma crítica, pois a sinceridade exige o conhecimento de si e o conhecimento de si é fruto da idade. Mas como uma mulher jovem como você, que brilha como você com tanta juventude, poderia ser sincera? Ela não pode ser sincera porque ela mesma nem sabe o que existe nela. Mas, se soubesse, deveria admitir comigo que o maior prazer é ser admirado. Você não está de acordo?

Olga respondeu que conhecia prazeres maiores.

— Não — disse Bertlef. — Tome por exemplo um corredor, aquele que todas as crianças conhecem porque conquistou, uma a uma, três vitórias olímpicas. Você acha que ele renunciou à vida? E, no entanto, em vez de conversar, de fazer amor e de levar uma boa vida, foi certamente preciso que passasse todo o tempo dando voltas sem parar em torno de um estádio. Seu treinamento parecia muito com o que faziam os nossos santos mais célebres. São Macário de Alexandria, quando estava no deserto, enchia regularmente um cesto de areia, colocava-o nas costas e percorria, dia após dia, intermináveis distâncias até o esgotamento total. Mas existia, na verdade, para são Macário de Alexandria, assim como para o corredor, uma grande recompensa que os pagava largamente de todos os seus esforços. Você sabe lá o que é ouvir os aplausos de um imenso estádio olímpico? Não existe alegria maior! São Macário de Alexandria sabia por que carregava uma cesta de areia nas costas. A glória de suas maratonas no deserto espalhou-se logo por toda a cristandade. E são Macário de Alexandria era igual ao corredor. Este também triunfou primeiro nos cinco mil metros, depois nos dez mil, finalmente isso não lhe foi suficiente e ele conquistou também a maratona. O desejo de ser admirado é insaciável. São Macário foi para um mosteiro em Tebas sem se identificar e pediu para ser admitido como membro. Mas depois, quando chegou a época da quaresma, veio sua hora de glória. Todos os monges jejuaram sentados, mas ele ficou de pé durante os quarentas dias do jejum! Foi um triunfo que você não pode nem imaginar! Ou então lembre-se de são Simeão Estilita! Ele construiu no deserto uma coluna em cujo topo havia apenas uma estreita plataforma. Nela não se podia nem sentar, era preciso ficar de pé. Ele ficou lá de pé durante toda a sua vida e toda a cristandade admirava com entusiasmo esse incrível recorde de um homem que parecia suplantar os limites humanos. São Simeão Estilita era o Gagarin do quinto século. Você pode imaginar a felicidade de santa Genoveva de Paris no dia em que uma missão comercial galesa contou-lhe que são Simeão Estilita tinha ouvido falar dela e a abençoava do alto de sua coluna? E por que você acha que ele queria bater o recorde? Talvez porque ele não se importasse nem com a vida nem com os homens? Não seja ingênua! Os padres da Igreja sabiam muito bem que são Simeão Estilita era vaidoso e quiseram pô-lo à prova. Em nome da autoridade espiritual, ordenaram-lhe que descesse da coluna e renunciasse à competição. Isso foi um rude golpe para são Simeão Estilita! Mas, seja por sabedoria ou por espertéza, ele obedeceu. Os padres da Igreja não eram contra os seus recordes, mas queriam ter certeza de que a vaidade de são Simeão não suplantaria seu senso de disciplina. Quando o viram descer tristemente de seu poleiro, ordenaram-lhe imediatamente que tornasse a subir, de modo que são Simeão pôde morrer em cima de sua coluna cercado do amor e da admiração do mundo.

Olga escutava atentamente e, ouvindo as últimas palavras de Bertlef, começou a rir.

— Esse enorme desejo de admiração não tem nada de engraçado, pelo contrário, acho-o comovente — disse Bertlef. — Aquele que deseja ser admirado está ligado a seus semelhantes, gosta deles, não pode viver sem eles. São Simeão Estilita está sozinho no deserto sobre um metro quadrado de coluna. E, no entanto, está com todos os homens! Ele imagina milhões de olhos que se elevam para ele. Está presente em milhões de pensamentos e se alegra com isso. É um grande exemplo de amor pelos homens e pela vida. Você nem imagina, minha jovem, a que ponto Simeão Estilita continua a viver em cada um de nós. E ele é, ainda hoje, o lado melhor do nosso ser.

Bateram à porta e um garçom entrou no quarto empurrando um carrinho cheio de comida. Abriu uma toalha e pôs a mesa. Bertlef remexeu na caixa de charutos e enfiou no bolso do garçom um punhado de moedas. Depois, começaram a comer e o garçom ficou plantado atrás da mesa, servindo vinho e os diferentes pratos.

Bertlef comentava com gulodice o sabor de cada prato e Skreta observou que não sabia há quanto tempo não comia tão bem.

— Talvez na última vez que minha mãe cozinhou para mim, mas eu ainda era muito pequeno. Sou órfão desde os cinco anos de idade. O mundo que me cercava era um mundo desconhecido, e a cozinha também me parecia desconhecida. O amor pelo alimento nasce do amor ao próximo.

— Está certíssimo — disse Bertlef, levando à boca um pedaço de carne.

— A criança abandonada perde o apetite. Acredite, ainda hoje me dói não ter nem pai nem mãe. Acredite, ainda hoje, velho como sou, daria tudo para ter um pai.

— Você superestima as relações familiares — disse Bertlef.

— Todos os homens são o seu próximo. Não esqueça do que disse Jesus quando quiseram chamá-lo para perto de sua mãe e de seus irmãos. Ele mostrou seus discípulos e disse: é aqui que estão minha mãe e meus irmãos.

— E no entanto a Santa Igreja — tentou replicar o dr. Skreta — não tinha a menor vontade de abolir a família ou substituí-la pela comunidade livre, de todos.

— Existe uma diferença entre a Santa Igreja e Jesus. E são Paulo, se me permitem dizê-lo, é, a meus olhos, o continuador, mas também o falsificador de Jesus. Primeiro, existe aquela súbita passagem de Saulo a Paulo! Como se nós não tivéssemos conhecido suficientemente esses fanáticos apaixonados que trocam uma fé por outra no espaço de uma noite! E não venham me dizer que os fanáticos são guiados pelo amor! São os moralistas que resmungam seus dez mandamentos. Mas Jesus não era um moralista. Lembre-se do que ele disse quando o censuraram por não celebrar o sabá. O sabá é para o homem e não o homem para o sabá. Jesus amava as mulheres! E vocês podem imaginar são Paulo na figura de um amante? São Paulo me condenaria porque amo as mulheres. Mas Jesus não. Não vejo nada de mau no fato de amar as mulheres e muitas mulheres, e ser amado pelas mulheres, por muitas mulheres.

Bertlef sorria, e seu sorriso expressava uma grande satisfação consigo mesmo:

— Meus amigos, não tive uma vida fácil, e mais de uma vez olhei a morte nos olhos. Mas existe uma coisa em que Deus se mostrou generoso comigo. Tive uma multidão de mulheres e elas me amaram.

Os convidados tinham terminado o jantar e o garçom começava a tirar a mesa quando bateram de novo à porta. Eram batidas fracas e tímidas que pareciam pedir um estímulo.

— Entre! — disse Bertlef.

A porta abriu-se e uma criança entrou. Era uma menina que podia ter uns cinco anos; usava um vestido branco de babados, acinturado por uma larga fita branca, amarrada nas costas num grande laço cujas pontas pareciam duas asas. Ela segurava na mão o caule de uma flor: uma grande dália. Vendo na sala tantas pessoas que pareciam todas estupefatas e que olhavam para ela, ela parou, não ousando entrar.

Mas Bertlef se levantou, seu rosto se iluminou, e ele disse:

— Não tenha medo, anjinho, venha.

E a criança, ao ver o sorriso de Bertlef, e como se nele encontrasse apoio, riu às gargalhadas; ela correu para Bertlef, que apanhou a flor e lhe deu um grande beijo na testa.

Todos os convidados e o garçom observavam a cena com surpresa. A criança com o grande laço branco nas costas realmente parecia um anjinho. E Bertlef de pé, inclinado para a frente com a dália na mão, lembrava as estátuas barrocas dos santos que vemos nas praças das pequenas cidades.

— Caros amigos — disse ele, virando-se para seus convidados —, passei com vocês momentos muito agradáveis e espero que tenha acontecido o mesmo com vocês. Gostaria de ficar até tarde da noite, mas, como veem, não posso. Este belo anjo veio me chamar para perto de uma pessoa que me espera. Já lhes disse, a vida me atingiu de todas as maneiras, mas as mulheres me amaram.

Bertlef segurava com uma mão a dália contra o peito e com a outra tocava o ombro da menina. Despediu-se do pequeno grupo de convidados. Olga achava-o ridiculamente teatral e alegrava-se de vê-lo ir embora e de, finalmente, ficar sozinha com Jakub.

Bertlef deu meia-volta e dirigiu-se para a porta dando a mão à menina. Antes de sair, inclinou-se para a caixa de charutos e pôs no bolso um punhado de moedas de prata.

11

O garçom arrumou os pratos sujos e as garrafas vazias no carrinho e, quando saiu da sala, Olga perguntou:

— Quem era essa menina?

— Nunca a vi antes — disse Skreta.

— Ela tinha mesmo um ar de anjinho — disse Jakub.

— Um anjo que lhe arranja amantes? — disse Olga.

— É — disse Jakub. — Um anjo proxeneta e intermediário. É bem assim que imagino o anjo da guarda dele.

— Não sei se será um anjo — disse Skreta —, mas o que há de interessante é que nunca vi essa menina, embora eu conheça quase todo mundo aqui.

— Nesse caso, só encontro uma explicação — disse Jakub. — Ela não era deste mundo.

— Seja um anjo ou a filha de uma arrumadeira, posso garantir uma coisa — disse Olga —, ele não foi encontrar nenhuma mulher! Esse sujeito é incrivelmente vaidoso e só faz contar vantagem.

— Eu o acho simpático — disse Jakub.

— É possível — disse Olga —, mas insisto em achar que é o sujeito mais vaidoso que existe. Aposto com vocês que uma hora antes da nossa chegada ele deu um punhado de moedas de cinquenta centavos à menina pedindo-lhe que viesse procurá-lo com uma flor na hora combinada. Os crentes têm um sentido agudo da encenação dos milagres.

— Desejo firmemente que você tenha razão — disse o dr. Skreta. — Na verdade, o sr. Bertlef está gravemente doente e uma noite de amor o faria correr um grande perigo.

— Você vê que eu tinha razão. Todas essas alusões às mulheres são apenas fanfarronadas.

— Querida — disse o dr. Skreta —, sou seu médico e seu amigo, e no entanto não estou assim tão certo. É uma questão que me coloco.

— Ele está assim tão doente? — perguntou Jakub.

— E por que você acha que ele mora aqui há quase um ano e que a mulher moça a quem ele é extremamente ligado venha vê-lo apenas de vez em quando?

— De repente, isto aqui sem ele fica um pouco melancólico — disse Jakub.

É verdade, eles agora se sentiam os três abandonados e não tinham mais desejo de ficar muito tempo naquela sala onde não se sentiam à vontade.

Skreta levantou-se da cadeira:

— Vamos levar a senhorita Olga para casa e depois vamos dar uma volta. Temos muita coisa para conversar.

Olga protestou:

— Ainda não estou com vontade de ir dormir!

— Ao contrário, está mais do que na hora. Como médico eu ordeno — disse severamente Skreta.

Saíram do Richmond e tomaram o jardim público. No meio do caminho, Olga arranjou um jeito de dizer a Jakub em voz baixa:

— Queria passar a noite com você...

Jakub limitou-se a levantar os ombros, pois Skreta impunha sua vontade imperiosamente. Levaram a moça de volta para o pavilhão Karl Marx e, diante de seu amigo, Jakub nem lhe acariciou os cabelos como tinha o hábito de fazer. A antipatia do doutor pelos seios que pareciam ameixas o desencorajava a fazê-lo. Lia a decepção nos olhos de Olga e estava contrariado por fazê-la sofrer.

— O que você acha? — perguntou Skreta quando ficou sozinho com o amigo na aleia do jardim público. — Você me ouviu quando disse que precisava de um pai. Uma pedra teria tido piedade de mim. E ele começou a falar de são Paulo! Será que é realmente incapaz de compreender? Já há dois anos lhe explico que sou órfão, dois anos que apregoo as vantagens do passaporte americano. Já fiz mil alusões, de passagem, a diferentes casos de adoção. Segundo meus cálculos, já deveriam há muito tempo ter-lhe dado a ideia de me adotar.

— Ele está muito fascinado por si próprio — disse Jakub.

— É isso — concordou Skreta.

— Se ele está gravemente doente, isso não surpreende tanto — disse Jakub. — Ele está assim tão mal quanto você diz?

— Pior ainda — disse Skreta. — Há seis meses teve outro enfarte, muito grave, ficando proibido de fazer viagens longas. Vive aqui como um prisioneiro. Sua vida está suspensa por um fio. E ele sabe.

— Está vendo — disse Jakub —, nesse caso você já deveria ter compreendido há muito tempo que o método de alusões está errado, porque qualquer alusão só irá provocar nele uma reflexão sobre si mesmo. Você deveria apresentar a ele seu pedido sem rodeios. Ele certamente aceitaria, porque gosta de agradar. Isso corresponde à ideia que faz de si mesmo. Ele quer agradar seus semelhantes.

— Você é um gênio! — exclamou Skreta, e parou. — É simples como o ovo de Colombo e é exatamente isso! E porque sou imbecil, perdi dois anos da minha vida; porque não soube decifrá-lo! Passei dois anos de minha vida em desvios inúteis! E é culpa sua, porque você poderia ter me aconselhado há muito tempo.

— E você há muito tempo poderia ter me perguntado!

— Há dois anos que você não vem me ver!

Os dois amigos andavam no parque invadido pela penumbra e respiravam o ar fresco do outono que começava.

— Agora que já o tornei pai, mereço talvez que ele faça de mim seu filho! — disse Skreta.

Jakub concordou.

— A infelicidade — continuou Skreta depois de um longo silêncio —, é que estamos cercados de imbecis. Será que existe alguém nesta cidade a quem se possa pedir conselho? Por menos inteligente que tenhamos nascido, vemo-nos de repente num exílio absoluto. Não penso noutra coisa, porque é minha especialidade: a humanidade produz uma quantidade incrível de imbecis. Quanto mais burro é o sujeito, mais vontade ele tem de procriar. Os seres perfeitos produzem no máximo um só filho, e os melhores, como você, decidem nunca procriar. É um desastre. E eu passo meu tempo sonhando com um universo em que o homem não viria ao mundo entre estranhos mas entre irmãos.

Jakub escutava as palavras de Skreta e nelas não via algo interessante. Skreta continuou:

— Não pense que se trata de uma frase! Não sou um homem político, mas um médico, e a palavra irmão tem para mim um sentido preciso. São irmãos aqueles que têm pelo menos uma mãe ou um pai comum. Todos os filhos de Salomão, se bem que tenham nascido de cem mães diferentes, eram irmãos. Devia ser magnífico! O que você acha?

Jakub aspirava o ar fresco e não encontrava nada para dizer.

— Evidentemente — retomou Skreta — é muito difícil obrigar as pessoas a se unirem sexualmente pelo bem das gerações futuras. Mas não se trata disso. Em nosso século, deve haver afinal de contas outros meios de resolver o problema da procriação racional dos filhos. Não se pode confundir eternamente amor e procriação.

Jakub aprovou essa ideia.

— Só que a única coisa que interessa a você é separar o amor da procriação — disse Skreta. — Para mim, trata-se mais de separar a procriação do amor. Queria iniciá-lo no meu projeto. É o meu sêmen que está na proveta.

Desta vez a atenção de Jakub estava desperta.

— O que você está dizendo? Acho que é uma ideia magnífica! — disse Jakub.

— Extraordinária! — disse Skreta. Com esse método já curei muitas mulheres de esterilidade. Não se esqueça de que, se muitas mulheres não podem ter filhos, é unicamente porque o marido é estéril. Tenho uma grande clientela em todo o país, e há quatro anos fui encarregado dos exames ginecológicos do dispensário da cidade. É facílimo aproximar uma seringa de injeção de uma proveta e em seguida inocular na mulher examinada o líquido fecundador.

— E quantos filhos você tem?

— Faço isso há muitos anos, mas tenho apenas uma contabilidade aproximada. Não posso estar sempre certo da minha paternidade, porque minhas doentes me são infiéis, se posso falar assim, infiéis com seus maridos. E, também, elas voltam para casa, e acontece que eu nunca fico sabendo se o tratamento deu certo. As coisas são mais claras com as doentes daqui.

Skreta calou-se e Jakub entregou-se a uma terna divagação. O projeto de Skreta o encantava e ele estava emocionado pois reconhecia nele seu velho amigo e o incorrigível sonhador:

— Deve ser incrivelmente bom ter filhos de tantas mulheres... — disse ele.

— E todos são irmãos — acrescentou Skreta.

Eles andavam, respiravam o ar perfumado e calavam-se. Skreta retomou a palavra:

— Sabe, fico sempre pensando que se existem aqui muitas coisas que nos desagradam, nós somos responsáveis por este país. Fico morto de raiva por não poder viajar livremente para o exterior, mas não poderia nunca caluniar meu país. Primeiro teria que me caluniar a mim mesmo. E quem entre nós já fez alguma coisa para que este país seja melhor? Quem entre nós já fez alguma coisa para que se possa viver nele? Para que seja um país onde possamos nos sentir em casa? Apenas nos sentir em casa? — Skreta baixou a voz e começou a falar com ternura: — Sentir-se em casa é se sentir entre os seus. E como você disse que ia embora, pensei que devia convencê-lo a participar do meu projeto. Tenho uma proveta para você. Você estará no estrangeiro e aqui nascerão filhos seus. Daqui a vinte ou trinta anos você vai ver que país esplêndido será este!

Havia no céu uma lua redonda (ela vai ficar lá até a última noite do nosso relato, que por essa razão poderemos qualificar de *relato lunar*) e o dr. Skreta tornou a acompanhar Jakub até o Richmond:

— Você não deveria ir embora amanhã — disse ele.

— É preciso. Estão me esperando — disse Jakub, mas sabia que se deixaria convencer.

— Isso não faz sentido — disse Skreta —, fico contente que meu projeto lhe agrade. Amanhã vamos discuti-lo a fundo.

QUARTO DIA

1

A senhora Klima aprontava-se para sair mas seu marido ainda estava deitado.

— Você também não tinha que sair hoje de manhã? — perguntou ela.

— Para que me apressar? Tenho tempo para encontrar aqueles cretinos — respondeu Klima. Ele bocejou e virou-se para o outro lado.

Ele tinha lhe anunciado na antevéspera, no meio da noite, que naquela conferência cansativa fora obrigado a assumir o compromisso de ajudar os grupos de músicos amadores, e que por causa disso daria um concerto noturno, na quinta-feira seguinte, numa pequena cidade de estação de águas, com um farmacêutico e um médico que tocavam jazz. Dizia tudo isso vociferando, mas a senhora Klima o encarava e via claramente que essas injúrias não expressavam nenhuma indignação sincera, pois não havia absolutamente concerto algum, e Klima tinha inventado isso com o único objetivo de garantir um tempo para uma de suas intrigas amorosas. Ela lia no rosto dele; ele não podia lhe esconder nada. Quando virou-se para o outro lado, resmungando, ela compreendeu logo que ele não tinha sono, mas queria esconder-lhe o rosto impedindo-a de observá-lo.

Depois, partiu para o teatro. Quando a doença de alguns anos antes a privara das luzes do palco, Klima encontrou um lugar de secretária para ela. Não era desagradável, ela via todos os dias pessoas interessantes e podia dispor de seu tempo com

131

bastante liberdade. Sentou-se no seu escritório para redigir algumas cartas oficiais, mas não conseguia se concentrar.

Não existe nada como o ciúme para absorver um ser humano por inteiro. Quando Kamila perdera a mãe, um ano antes, isso certamente fora uma coisa mais trágica do que uma escapada do trompetista. No entanto, a morte da mãe, que ela amava imensamente, a fazia sofrer menos. Esse sofrimento se revestia generosamente de múltiplas cores: nele havia a tristeza, a nostalgia, a emoção, o arrependimento (teria ela, Kamila, cuidado da mãe o suficiente? não teria sido negligente?) e também um sorriso sereno. Esse sofrimento se espalhava prodigamente em todas as direções: os pensamentos de Kamila esbarravam de encontro ao caixão materno e dissolviam-se nas lembranças, na sua própria infância, mais longe ainda, até a infância da mãe, dissolviam-se em meio a várias preocupações práticas, dissolviam-se no futuro que estava em aberto e onde, como uma consolação (é, eram dias excepcionais em que seu marido era para ela uma consolação), desenhava-se a figura de Klima.

O sofrimento por ciúme, ao contrário, não evoluía no espaço, girava como uma broca em torno de um ponto único. Nele não havia dispersão. Se a morte da mãe tinha aberto a porta de um futuro (diferente, mais solitário, e também mais adulto), a dor causada pela infidelidade do marido não abria nenhum futuro. Tudo ficava concentrado na única (e imutavelmente presente) visão do corpo infiel, na única (e imutavelmente presente) afronta. Quando ela perdera a mãe, podia escutar música, podia até mesmo ler; quando estava com ciúme, ela não conseguia fazer nada.

Na véspera teve a ideia de ir até a estação de águas para confirmar a existência do concerto suspeito, mas logo desistira porque sabia que seu ciúme horrorizava Klima e ela não deveria demonstrar isso abertamente. Mas o ciúme dava voltas dentro de Kamila como um motor ligado e ela não conseguiu deixar de pegar no telefone. Para se justificar, disse a si mesma que telefonava para a estação de trem sem intenção precisa, apenas para distrair-se, porque ela não conseguia se concentrar na redação da correspondência administrativa.

Ao saber que o trem partia às onze horas da manhã, imaginou-se percorrendo ruas desconhecidas, procurando um cartaz com o nome de Klima, indo ao sindicato de turismo local perguntar se estavam a par de um concerto em que seu marido devia aparecer, e ela ouviria a resposta de que não haveria concerto e ficaria perambulando, miserável e enganada, numa cidade deserta e estranha. E ficava imaginando depois como Klima, no dia seguinte, lhe falaria do concerto e como ela o interrogaria sobre os detalhes. Ela o olharia de frente, escutaria suas invenções e beberia numa volúpia amarga a infusão venenosa de suas mentiras.

Mas logo achou que não devia se comportar assim. Não, ela não podia ficar dias e semanas inteiras espionando e alimentando as visões de seu ciúme. Temia perdê-lo, e por causa desse temor acabaria perdendo-o!

Mas uma outra voz respondia com disfarçada ingenuidade: não, não iria espioná-lo! Klima tinha afirmado que daria um concerto e ela acreditava nele! Era justamente por não querer mais ser ciumenta que ela levava a sério, que aceitava sem desconfianças suas afirmações! Ele não tinha dito que estava indo para lá sem prazer e que temia passar um dia e uma noite monótonos? Era, portanto, unicamente para prepará-lo uma agradável surpresa que ela decidira ir encontrá-lo! No momento em que Klima, no final do concerto, agradecesse, indiferente, pensando na cansativa viagem de volta, ela chegaria até a beirada do palco, ele a veria, e os dois começariam a rir!

Ela entregou ao diretor as cartas escritas com dificuldade. Era benquista no teatro. Apreciavam que a mulher de um músico famoso se revelasse modesta e amistosa. A tristeza que emanava dela às vezes tinha qualquer coisa de comovente. O diretor não lhe recusava nada. Ela prometeu estar de volta na sexta-feira à tarde e ficar até tarde para compensar o tempo perdido.

2

Eram dez horas e Olga acabara de receber das mãos de Ruzena, como acontecia todos os dias, uma grande toalha branca e uma chave. Ela entrou na cabine, tirou a roupa, pendurou num cabide, enrolou-se na toalha como se fosse uma toga antiga, fechou a cabine a chave, entregou a chave a Ruzena e dirigiu-se à sala dos fundos onde ficava a piscina. Jogou a toalha de banho na balaustrada e desceu os degraus para entrar na água onde muitas mulheres já estavam se banhando. A piscina não era grande, mas Olga estava convencida de que a natação era necessária para sua saúde e tentou dar algumas braçadas. Ela agitava a água, que espirrou na boca de uma senhora que falava.

— Você está maluca? — disse a mulher a Olga com uma voz estridente. — Isto não é um tanque de natação!

As mulheres estavam sentadas na beira da piscina como grandes rãs. Olga tinha medo delas. Eram todas mais velhas do que ela, mais fortes. Tinham mais gordura e mais pele. Sentou-se, portanto, entre elas, humilhada, e ficou imóvel, com a sobrancelha franzida.

De repente ela viu um rapaz na entrada da sala, ele era pequeno e usava jeans com um suéter furado.

— O que esse sujeito está fazendo aqui? — ela gritou.

Todas as mulheres seguiram a direção do olhar de Olga e começaram a reclamar e a esganiçar.

Nesse momento Ruzena entrou na sala e gritou:

— Vocês estão recebendo a visita de cineastas. Vão filmá-las para um noticioso.

As mulheres na piscina começaram a rir. Olga protestou:

— Que história é essa?

— Eles conseguiram a autorização da direção — disse Ruzena.

— Estou pouco ligando para a direção, ninguém me consultou! — exclamou Olga.

O rapaz de suéter furado (usava pendurado no pescoço um aparelho para medir a intensidade da luz) tinha se aproximado da piscina e olhava para Olga com um ricto que ela achava obsceno:

— Senhorita, você vai enlouquecer milhares de espectadores quando eles a virem na tela!

As mulheres responderam com uma outra gargalhada e Olga escondeu os seios com as mãos (não era difícil, pois, como sabemos, seus seios pareciam duas ameixas) e encolheu-se atrás das outras.

Dois outros sujeitos de jeans dirigiram-se para a piscina e o maior declarou:

— Por favor, comportem-se naturalmente, como se não estivéssemos aqui.

Olga estendeu a mão para a balaustrada onde sua toalha estava pendurada. Enrolou-a em volta do corpo sem sair da piscina, depois subiu os degraus e colocou o pé no chão azulejado da sala. A toalha estava molhada e pingava.

— Merda! Não vá embora assim! — gritou o rapaz de suéter furado.

— Você ainda tem que ficar quinze minutos na piscina! — exclamou por sua vez Ruzena.

— Ela é pudica! — gargalhavam as mulheres na piscina.

— Ela tem medo que roubem sua beleza! — disse Ruzena.

— Vocês a viram, a princesa! — disse uma voz na piscina.

— Claro que aquelas que não quiserem ser filmadas podem ir embora — disse com voz tranquila o sujeito grande de jeans.

— Nós não estamos com vergonha! Somos mulheres bonitas! — disse uma senhora grande de voz estridente, cujo riso fez estremecer a superfície da piscina.

— Mas essa moça não pode ir embora! Ainda faltam quinze minutos para ela! — protestou Ruzena, seguindo com os olhos Olga, que se retirava obstinadamente para o vestiário.

3

Não se pode reclamar por Ruzena estar de mau humor. Mas por que ela está tão irritada por Olga se recusar a ser filmada? Por que ela se identificava totalmente com a multidão de mulheres que tinha acolhido a chegada dos homens com alegre gritaria?

Na verdade, por que aquelas mulheres gordas tinham berrado tão alegremente? Seria porque desejavam exibir sua beleza diante daqueles rapazes e seduzi-los?

Certamente não. Seu ostensivo impudor vinha justamente da certeza de que não dispunham de nenhuma beleza. Elas estavam cheias de rancor pela juventude das mulheres e desejavam expor seus corpos sexualmente imprestáveis para caluniar e desmerecer a nudez feminina. Elas queriam vingar-se e torpedear com a falta de graça de seus corpos a glória da beleza feminina, pois sabiam que os corpos, sejam bonitos ou disformes, são afinal de contas os mesmos, e que o disforme projeta sua sombra sobre o belo cochichando ao ouvido do homem: olhe, veja a verdade desse corpo que o enfeitiça! Olhe essa grande teta flácida, é a mesma coisa que esse seio que você adora como um louco.

O alegre despudor das mulheres gordas da piscina era uma roda necrófila em torno da fugacidade da juventude e uma roda ainda mais alegre porque uma mulher jovem estava presente na piscina para servir de vítima. Quando Olga se enrolou na toalha de banho, elas interpretaram esse gesto como uma sabotagem ao seu rito cruel e ficaram enfurecidas.

Mas Ruzena não era nem gorda nem velha, ela era até mesmo mais bonita do que Olga! E por que não tinha sido solidária com ela?

Se ela tivesse decidido abortar e se tivesse certeza de que um amor feliz a esperava com Klima, teria reagido inteiramente diferente. A consciência de ser amada separa a mulher do rebanho e Ruzena teria vivido com enlevo sua inimitável singularidade. Ela teria visto as mulheres gordas como inimigas e Olga como irmã. Teria vindo ajudá-la, como a beleza ajuda à beleza, a felicidade ajuda à felicidade, o amor ao amor.

Mas na noite anterior Ruzena dormira muito mal e tinha decidido que não podia contar com o amor de Klima, de modo que tudo que a separava do rebanho dava-lhe a impressão de ilusão. A única coisa que ela possuía estava em seu ventre, esse embrião em germinação, protegido pela sociedade e pela tradição. A única coisa que ela possuía era a gloriosa universalidade do destino feminino que prometia lutar por ela.

E essas mulheres na piscina representavam justamente a feminilidade naquilo que ela tem de universal: a feminilidade da gravidez, da amamentação, da fragilidade eterna, a feminilidade que ri ao pensar nesse segundo fugaz em que a mulher acredita ser amada, em que ela tem a sensação de ser uma inimitável individualidade.

Entre uma mulher que está convencida de ser única e as mulheres que vestiram a mortalha do destino feminino universal não existe conciliação possível. Depois de uma noite de insônia, repleta de reflexões, Ruzena tinha (pobre trompetista!) se colocado ao lado destas.

4

Jakub segurava o volante e Bob, sentado perto dele no banco da frente, virava a cada instante o focinho para o seu lado para lamber-lhe o rosto. Depois das últimas construções da pequena cidade erguia-se um prédio em forma de torre. Não estava ali no ano passado, e Jakub achava-o horrendo. No meio da paisagem verde parecia uma vassoura num vaso de flores. Jakub acariciava Bob, que contemplava a paisagem com olhar satisfeito, e pensava que Deus havia se revelado caridoso em relação aos cães por não ter incutido na cabeça deles o sentido da beleza.

O cachorro lambia-lhe de novo o rosto (sentia talvez que Jakub pensava constantemente nele) e Jakub pensou que em seu país as coisas não melhoravam e tampouco pioravam; mas que se tornavam cada vez mais ridículas: recentemente fora vítima da caça do homem, e na véspera assistira a uma caça aos cães, como se fosse ainda e sempre o mesmo espetáculo com outra formação. Os aposentados desempenhavam ali o papel de juízes de instrução e de guardas; os homens de Estado presos eram interpretados por um bóxer, um vira-lata e um *basset dachshund*.

Lembrou-se de que em Praga, alguns anos antes, os vizinhos haviam encontrado seu gato em frente à porta de sua casa com dois pregos enfiados nos olhos, a língua cortada e as patas amarradas. Os garotos da rua brincavam de adultos. Jakub acariciou a cabeça de Bob e estacionou o carro diante da hospedaria.

Quando desceu, pensou que o cachorro iria correr alegremente até a porta da casa. Mas em vez de começar a correr

Bob pulava em torno de Jakub e queria brincar. No entanto, quando uma voz gritou "Bob!", o cachorro partiu como uma flecha em direção à mulher que estava em pé na porta.

— Você é um vagabundo incorrigível — disse ela, e perguntou a Jakub, pedindo-lhe desculpas, há quanto tempo o cachorro o importunava.

Quando Jakub respondeu que o cachorro tinha passado a noite em seu quarto e que ele o estava trazendo de carro, a mulher se desmanchou em ruidosos agradecimentos e chamou-o para entrar. Ela convidou-o para sentar numa sala especial, onde sem dúvida eram oferecidos banquetes à sociedade, e foi correndo procurar o marido.

Voltou pouco depois acompanhada de um rapaz que sentou-se ao lado de Jakub e estendeu-lhe a mão.

— O senhor deve ser um sujeito muito bom para ter vindo de carro até aqui especialmente para trazer Bob. Este cachorro é idiota, só sabe passear. Mas gostamos muito dele. Aceita comer alguma coisa?

— Com prazer — disse Jakub, e a mulher correu para a cozinha.

Depois Jakub contou como ele havia salvado Bob de um bando de aposentados.

— Que cretinos! — exclamou o homem, e virando a cabeça para a cozinha chamou a mulher: — Vera! Venha cá! Você ouviu o que eles estão fazendo lá, aqueles cretinos!

Vera voltou para a sala com uma bandeja onde fumegava um prato de sopa. Ela sentou-se e Jakub teve que recomeçar o relato de sua aventura da véspera. O cachorro estava sentado debaixo da mesa, e deixava-se acariciar atrás da orelha.

Quando Jakub terminou sua sopa, o homem levantou-se, correu para a cozinha e trouxe de lá um assado de porco com *knöedels*.

Jakub estava perto da janela e sentia-se bem. O homem

amaldiçoava as pessoas lá embaixo (Jakub estava fascinado: o homem considerava seu restaurante um Olimpo, um lugar alto, um ponto de refúgio), e a mulher voltou trazendo pela mão um garoto de dois anos:

— Agradeça a este senhor, ele trouxe Bob de volta.

O garoto balbuciou algumas palavras incompreensíveis e riu para Jakub. Lá fora havia sol, e a folhagem amarelada inclinava-se pacificamente sobre a janela aberta. Não havia um só ruído. A hospedaria estava bem no alto, em cima do mundo, e nela encontrava-se a paz.

Mesmo recusando-se a procriar, Jakub gostava de crianças:

— Vocês têm um filho bonito — disse ele.

— Ele é engraçado — disse a mulher. — Não sei a quem puxou esse narigão.

Jakub lembrou-se do nariz do seu amigo e disse:

— O doutor Skreta me disse que cuidou de você.

— O senhor conhece o doutor? — perguntou o homem alegremente.

— É meu amigo — disse Jakub.

— Nós lhe somos muito reconhecidos — disse a jovem mãe, e Jakub pensou que a criança era provavelmente um dos êxitos do projeto eugênico de Skreta.

— Não é um médico, é um feiticeiro — disse o homem com admiração.

Jakub pensou que nesse lugar em que reinava a paz de Belém, esses três personagens eram a *Sagrada Família*, e que o filho deles não havia nascido de um pai humano, mas de *Deus-Skreta*.

Mais uma vez, o garoto narigudo engrolava palavras ininteligíveis, e o jovem pai o olhava com amor.

— Eu me pergunto — disse ele à mulher — qual de seus ancestrais tinha esse nariz grande.

Jakub sorriu. Uma ideia curiosa acabava de passar-lhe na

140

cabeça: teria o dr. Skreta também se servido de uma seringa para fazer um filho em sua própria mulher?

— Não tenho razão? — perguntou o jovem pai.

— Certamente — disse Jakub. — É um grande consolo pensar que quando estivermos dormindo há muito tempo na sepultura, nosso nariz estará passeando pelo mundo.

Todo mundo caiu na gargalhada e a ideia de que Skreta pudesse ser o pai da criança parecia agora a Jakub um sonho fantasioso.

5

Frantisek recebeu o dinheiro da mulher cuja geladeira ele acabara de consertar. Saiu da casa, sentou na sua fiel motocicleta e partiu para o outro lado da cidadezinha a fim de prestar contas de seu dia no escritório encarregado dos serviços de consertos em toda a província. Passava das duas quando ficou inteiramente livre. Tornou a ligar a motocicleta e dirigiu-se para as termas. No estacionamento viu a limusine branca. Estacionou a motocicleta ao lado da limusine, entrou pelas arcadas e dirigiu-se à Casa do Povo, pois supôs que o trompetista pudesse estar lá.

Não era nem a audácia nem a combatividade que o levavam lá. Não queria mais fazer escândalo. Não, ao contrário, estava decidido a se dominar, a se curvar, a se submeter totalmente. Convencia-se de que seu amor era tão grande que ele podia, em nome desse amor, suportar tudo. Como o príncipe dos contos de fadas que suporta pela princesa todos os sofrimentos e tormentos, enfrenta o dragão e atravessa o oceano, ele estava pronto a aceitar as humilhações mais exageradas.

Por que é tão humilde? Por que não prefere se voltar para uma outra, já que as moças nessa pequena cidade são uma maioria tão animadora?

Frantisek é mais moço do que Ruzena; é, portanto, infelizmente para ele, muito jovem. Quando for mais maduro, irá descobrir a fugacidade das coisas e saberá que, atrás do horizonte de uma mulher, abre-se ainda o horizonte de outras mulheres. Só que Frantisek ignora ainda o que é o tempo. Vive desde a infância num mundo que dura e que não muda, vive nessa espécie de eternidade imóvel, tem sempre o mesmo pai e também a mesma mãe, e Ruzena, que fez dele um homem, está acima dele como a tampa do firmamento, do único firmamento possível. Não consegue imaginar a vida sem ela.

Na véspera, ele tinha lhe prometido docilmente nunca mais espioná-la, inclusive nesse momento estava sinceramente decidido a não incomodá-la. Convencia-se de que se interessava apenas pelo trompetista, e que seguindo-o não violaria propriamente a sua promessa. Mas ao mesmo tempo sabia que era só uma desculpa e que Ruzena condenaria sua atitude, mas isso era mais forte nele do que toda reflexão ou toda resolução; como uma toxicomania: tinha que vê-lo; era preciso que o visse mais uma vez, longamente e de perto. Era preciso enfrentar a dor. Tinha que olhar esse corpo, cuja união com o corpo de Ruzena parecia-lhe inimaginável e inacreditável. Era preciso que o olhasse para verificar com os próprios olhos se era ou não possível pensar naqueles dois corpos unidos.

Eles já estavam tocando sobre o estrado: o dr. Skreta na bateria, um homem pequeno no piano e Klima no trompete. Alguns jovens fanáticos por jazz, que tinham se enfiado ali para assistir ao ensaio, estavam sentados na sala. Frantisek não tinha por que recear que descobrissem o motivo de sua presença. Era certo que o trompetista, ofuscado pelo farol da motocicleta, não tinha visto seu rosto na terça-feira à noite, e graças à prudência de Ruzena, ninguém sabia grande coisa de suas relações com a moça.

O trompetista interrompeu os músicos e colocou-se ele próprio ao piano para tocar para o homenzinho um trecho que ele queria num outro ritmo. Frantisek estava sentado numa cadeira no fundo da sala e transformava-se lentamente numa sombra que, naquele dia, não largaria o trompetista por um minuto.

6

Ele voltava da hospedaria campestre e lamentava não ter mais a seu lado o cachorro jovial que lhe lambia o rosto. Depois pensava que era um milagre ter conseguido, durante seus quarenta e cinco anos de vida, deixar livre esse lugar a seu lado de modo que podia agora abandonar o país tão facilmente, sem bagagem, sem peso, só, com a aparência enganosa (e portanto bela) da juventude, como um estudante que apenas começa a lançar as bases de seu futuro.

Tentava imbuir-se da ideia de que deixava seu país. Esforçava-se por evocar sua vida passada. Esforçava-se por vê-la como uma vasta paisagem sobre a qual voltava-se com nostalgia, uma paisagem vertiginosamente distante. Mas não conseguia. Aquilo que mentalmente conseguia ver atrás de si era minúsculo, achatado como um acordeão fechado. Teve que fazer um esforço para evocar fragmentos de lembranças que pudessem lhe dar a ilusão de um destino realizado.

Olhava as árvores em torno dele. Sua folhagem era verde, vermelha, amarela e marrom. A floresta parecia um incêndio. Pensou que partia no momento em que a floresta estava em fogo e que sua vida e suas lembranças se consumiam nessas chamas maravilhosas e insensíveis. Deveria sentir-se mal por não sentir-se mal? Deveria ficar triste por não estar triste?

Não sentia tristeza, mas também não tinha vontade de se apressar. Segundo o que tinha combinado com seus amigos do exterior, deveria, exatamente naquele momento, estar cruzando a fronteira, porém mais uma vez sentia-se tomado por uma preguiça indecisa que era bem conhecida e muito ridicularizada entre seus amigos, porque deixava-se vencer por ela exatamente nas circunstâncias que exigiam uma conduta enérgica e decidida. Sabia que até o último momento confirmaria sua partida para aquele mesmo dia, mas também percebia que, desde de manhã, tentava de tudo para adiar o momento de deixar aquela encantadora estação de águas aonde vinha havia muitos anos, às vezes com longos intervalos, mas sempre com prazer, visitar seu amigo.

Estacionou o carro (é ali onde já estão estacionados o carro branco do trompetista e a motocicleta vermelha de Frantisek) e entrou na cervejaria em que Olga deveria encontrá-lo meia hora depois. Viu uma mesa que lhe agradava, no fundo, perto da vidraça, através da qual se viam as árvores frondosas do jardim público, mas ela infelizmente estava ocupada por um homem de uns trinta anos. Jakub sentou-se na mesa vizinha. De lá, ele não via as árvores; em compensação, seu olhar fora atraído por esse homem visivelmente nervoso, que não tirava os olhos da porta e balançava o pé.

7

Finalmente ela entrou. Klima saltou de sua cadeira e correu a seu encontro, conduzindo-a para a mesa perto da vidraça. Ele sorria-lhe como se quisesse, com esse sorriso, mostrar que o acordo deles continuava valendo, que estavam calmos, eram coniventes, e que confiavam um no outro. Ele procurava na expressão da moça uma resposta afirmativa ao seu sorriso, mas não a encontrava. Ficou aflito. Não ousava falar daquilo que o preocupava, e começou uma conversa insignificante que devia criar um clima de despreocupação.

No entanto, suas palavras encontravam apenas o mutismo da moça, como uma parede de pedra.

Então ela o interrompeu:

— Mudei de ideia. Seria um crime. Talvez você seja capaz de uma coisa dessas, eu não.

O trompetista sentiu que tudo nele desmoronava. Fixou em Ruzena um olhar sem expressão e não sabia mais o que dizer. Só via em si um cansaço desesperado. E Ruzena repetia:

— Seria um crime.

Ele a olhava e ela lhe parecia irreal. Essa mulher, cuja fisionomia ele era incapaz de lembrar quando estava longe dela, apresentava-se agora a ele como sua condenação à perpetuidade. (Como cada um de nós, Klima atribuía realidade apenas àquilo que penetrava em sua vida por dentro, progressivamente, organicamente, enquanto aquilo que vinha do exterior, brusca e fortuitamente, ele via como uma invasão do irreal. Infelizmente, não existe nada mais real do que esse irreal.)

Depois o garçom que reconhecera o trompetista no outro dia apareceu em frente à mesa deles. Trouxe-lhes dois conhaques numa bandeja e disse-lhes num tom jovial:

— Vejam, sei ler seus desejos em seus olhos.

Depois dirigiu a Ruzena o mesmo comentário da última vez:

— Toma cuidado! Todas essas garotas vão lhe furar os olhos! — E riu bem alto.

Desta vez, Klima estava absorto demais por seu medo para prestar atenção nas palavras do garçom. Tomou um gole de conhaque e inclinou-se para Ruzena:

— Por favor. Pensei que estivéssemos de acordo, conversamos tudo. Por que você mudou de repente de opinião? Você achava, como eu, que precisávamos nos dedicar inteiramente um ao outro durante alguns anos. Ruzena! Se fazemos isso é unicamente por causa do nosso amor e para termos um filho juntos, no dia em que realmente os dois o desejarmos.

8

Jakub reconheceu imediatamente a enfermeira que quisera entregar Bob aos velhos. Ele a olhava, fascinado, muito curioso de saber o que diziam, ela e seu interlocutor. Não distinguia uma só palavra, mas percebia que a conversa era extremamente tensa.

Pela expressão do homem, ficou logo evidente que acabara de saber uma notícia inquietante. Foi preciso um momento para que ele recuperasse a palavra. Via-se por sua mímica que ele tentava convencer a moça, que lhe suplicava. Mas a moça guardava obstinado silêncio.

Jakub não pôde deixar de pensar que estava em jogo uma vida. A moça loira se mostrava a ele sempre com os traços daquela que *está pronta a segurar a vítima enquanto o carrasco faz seu trabalho*, e não duvidava um instante que o homem estivesse do lado da vida e ela do lado da morte. O homem queria salvar a vida de alguém, pedia ajuda, mas a loira recusava e por causa dela alguém ia morrer.

Depois constatou que o homem tinha parado de insistir, sorria e não hesitava em acariciar o rosto da moça. Teriam eles chegado a um acordo? Absolutamente. O rosto, sob os cabelos loiros, olhava obstinadamente para longe, evitando o olhar do homem.

Jakub não tinha força para tirar os olhos da moça, a qual não conseguia ver, desde a véspera, senão sob os traços de uma *ajudante de carrasco*. Ela tinha um rosto bonito e vazio. Bonito o suficiente para atrair os homens e vazio o bastante para que nele se perdessem todas as suas súplicas. Em outras palavras, esse rosto era altivo e Jakub sabia: altivo, não pela beleza, mas pelo vazio.

Pensava ver nesse rosto milhares de outros rostos que conhecia bem. Achava que sua vida inteira não passava de um diálogo ininterrupto com esse rosto. Quando tentava explicar-lhe alguma coisa, o rosto virava-se com um ar ofendido, respondia às suas tentativas falando de outra coisa; quando lhe sorria, o rosto censurava-lhe a desenvoltura; quando implorava, o rosto acusava-o de superioridade, esse rosto que não compreendia nada e decidia tudo, rosto vazio como um deserto e orgulhoso de seu deserto.

Jakub pensou que hoje olhava esse rosto uma última vez para amanhã sair de seu domínio.

9

Ruzena também tinha reparado em Jakub e o reconhecera. Sentia seus olhos fixos nela e isso a deixava angustiada. Via-se cativa, cercada por dois homens tacitamente cúmplices, presa no círculo de dois olhares apontados para ela como dois canos de fuzil.

Klima repisava seus argumentos e ela não sabia o que responder. Preferia repetir bem depressa que quando se tratava do nascimento de uma vida, a razão nada tinha a dizer e que apenas os sentimentos têm direito à palavra. Ela virava silenciosamente seu rosto para colocá-lo fora do alcance do olhar duplo e olhava fixamente pela janela. Graças a um certo grau de concentração, sentiu nascer nela a consciência ofendida da amante e da mãe incompreendidas, e essa consciência fermentava em sua alma como uma massa de *knöedel*. E porque ela era incapaz de expressar esse sentimento com palavras, ele saía através de seus olhos marejados sempre fixos sobre o mesmo ponto do jardim público.

Mas, justamente lá onde fixava seus olhos embotados, enxergou uma silhueta conhecida e foi tomada de pânico. Ela não ouvia mais nada do que Klima dizia. Era o terceiro olhar que apontava o cano para ela, e este era o mais perigoso. Pois no começo Ruzena não podia dizer com certeza quem era responsável por sua maternidade. Aquele que ela primeiro considerava era o homem que a observava agora, escondido, mal encoberto por uma árvore do jardim público. Isso só aconteceu, evidentemente, no início, pois desde então ela passou a se mostrar cada vez mais favorável à escolha do trompetista como pai, até o dia em que ela decidira, afinal, que era ele. Compreendamos bem: ela não queria atribuir-lhe sua gravidez por esperteza. Ao tomar sua decisão, ela não escolhera a esperteza, mas a verdade. Tinha decidido que era *realmente* assim.

Aliás, a maternidade é uma coisa a tal ponto sagrada que parecia-lhe impossível que um homem que ela desprezava pudesse ser o responsável. Este não era absolutamente um raciocínio lógico, mas uma espécie de iluminação suprarracional que a persuadira de que ela só poderia engravidar de um homem que lhe agradasse, que ela estimasse e admirasse. E quando ouviu no telefone que aquele que ela tinha escolhido como pai de seu filho estava chocado, assustado e recusava sua missão paterna, tudo fora definitivamente resolvido, pois a partir desse momento ela não apenas não duvidava mais da verdade, como estava pronta a começar o combate.

Klima calou-se e acariciou o rosto de Ruzena. Arrancada de suas reflexões, ela notou seu sorriso. Ele lhe disse que deveriam dar uma volta de carro pelo campo, como da última vez, pois a mesa de bar os separava um do outro como uma parede fria.

Ela teve medo. Frantisek continuava sempre atrás de

uma árvore no jardim público e tinha os olhos fixos na vidraça da cervejaria. O que aconteceria se ele os interceptasse no momento em que saíssem? O que aconteceria se ele fizesse uma cena como na terça-feira?

— Vou pagar os dois conhaques — disse Klima ao garçom.

Ruzena tirou um frasco de vidro da sua bolsa.

O trompetista deu uma nota ao garçom e recusou generosamente o troco.

Ruzena abriu o frasco, deixou cair um comprimido na palma da mão e engoliu-o.

Quando ela fechou o frasco, o trompetista virou-se e olhou-a de frente. Ele aproximou suas mãos das dela e ela largou o frasco para sentir o contato de seus dedos.

— Vem, vamos embora — disse ele, e Ruzena levantou-se. Ela viu o olhar de Jakub, fixo e hostil, e desviou os olhos.

Uma vez lá fora, olhou com inquietação para o jardim público mas Frantisek não estava mais lá.

10

Jakub levantou-se, pegou seu copo ainda pela metade e sentou-se à mesa que ficara livre. Pela vidraça, lançou um olhar satisfeito sobre as árvores avermelhadas do jardim público e pensou consigo mesmo que essas árvores eram como um incêndio onde jogava seus quarenta e cinco anos de vida. Depois seu olhar desviou-se para o tampo da mesa e ele viu ali, perto do cinzeiro, o frasco de vidro esquecido. Pegou-o e começou a examiná-lo: o nome do remédio era desconhecido, e alguém tinha acrescentado a lápis: "tomar três vezes por dia". Os comprimidos tinham uma cor azul-clara. Isso pareceu-lhe estranho.

Eram as últimas horas que ele passava em seu país, e os menores acontecimentos se imbuíam de um sentido excepcional e transformavam-se em espetáculo alegórico. O que significa, pensou ele, que larguem numa mesa, justamente hoje, um frasco de comprimidos azul-claros? E por que tem que ser esta mulher a deixá-lo aqui, a Herdeira das perseguições políticas e a Intermediária dos carrascos? Será que ela quer me dizer com isso que a necessidade dos comprimidos azul-claros ainda não passou? Ou será que, com essa alusão ao comprimido com veneno, quer expressar-me seu ódio eterno? Ou, ainda, será que quer me dizer que, ao deixar este país, dou uma prova da mesma resignação com que tomarei o comprimido azul-claro que carrego no bolso do casaco?

Procurou no bolso, tirou o papel enrolado e desdobrou-o. Agora que olhava o comprimido, este lhe parecia de um azul um pouco mais escuro do que aquele do frasco esquecido. Abriu o frasco e deixou cair um comprimido em sua mão. É, o seu era um pouquinho mais escuro e menor. Ele colocou de novo os dois comprimidos no frasco. Agora que os olhava, constatava que não se podia, à primeira vista, perceber nenhuma diferença. Sobre os comprimidos inofensivos, destinados, sem dúvida, a tratar os males mais benignos, repousava a morte mascarada.

Nesse momento, Olga aproximou-se da mesa e Jakub tornou a fechar depressa o frasco com a tampa, colocou-o perto do cinzeiro e levantou-se para receber a amiga.

— Acabo de passar por Klima, o célebre trompetista! Será possível? — disse ela sentando-se ao lado de Jakub. — Ele estava com aquela horrível mulherzinha! Ela me perturbou hoje durante o banho!

Mas parou, pois nesse momento Ruzena veio se plantar na mesa deles e disse:

— Deixei meus comprimidos aqui.

Antes que Jakub tivesse tempo de responder, ela viu o frasco ao lado do cinzeiro e estendeu a mão. Mas Jakub foi mais rápido e segurou-o primeiro.

— Dê-me isso! — disse Ruzena.

— Gostaria de pedir-lhe um favor — disse Jakub. — Deixe-me tomar um comprimido!

— Desculpe-me, não tenho tempo a perder!

— Eu tomo o mesmo remédio e...

— Eu não sou uma farmácia ambulante — disse Ruzena.

Jakub queria tirar a tampa, mas, sem lhe dar tempo, Ruzena avançou bruscamente a mão na direção do frasco. Ao mesmo tempo, Jakub apertou o frasco na mão.

— O que significa isso? Dê-me esses comprimidos! — gritou-lhe a moça.

Jakub olhou-a nos olhos e abriu lentamente a mão.

11

O barulho das rodas sugeria-lhe claramente a inutilidade de sua viagem. De qualquer maneira, ela estava certa de que o marido não se encontrava na estação de águas. Então por que tinha ido até lá? Encarava quatro horas de viagem de trem apenas para saber o que já sabia antes? Ela não obedecia a uma intenção racional. Havia um motor dentro dela que começara a girar e a girar e ela não tinha meios de fazê-lo parar.

(Nesse minuto, Frantisek e Kamila são projetados no espaço do nosso relato como dois foguetes guiados a distância por um ciúme cego — mas como uma cegueira poderá guiar o que quer que seja?)

A ligação entre a capital e a estação de águas não era das mais fáceis e a senhora Klima teve que fazer baldeação três vezes antes de descer, exausta, numa estação idílica, coberta por anúncios publicitários, recomendando as fontes curativas e as lamas milagrosas da localidade. Ela entrou pela aleia de álamos que ia da estação até as termas e, chegando às primeiras colunas das arcadas, foi surpreendida por um cartaz pintado à mão em que o nome de seu marido estava escrito em letras vermelhas. Parou em frente ao cartaz com surpresa e decifrou os outros dois nomes masculinos embaixo do nome do marido. Não podia acreditar naquilo: Klima não lhe tinha mentido! Era exatamente o que ele havia dito. Nos primeiros minutos, sentiu uma imensa alegria, o sentimento de uma confiança perdida havia muito tempo.

Mas a alegria não durou muito, pois logo percebeu que a existência do concerto não era absolutamente prova da fidelidade do marido. Se ele tinha aceitado se apresentar nessa estação de águas perdida, era certamente para encontrar uma mulher. E achou que a situação era ainda pior do que tinha suposto, e que caíra numa armadilha.

Ela tinha vindo para se assegurar de que o marido não estava e para obrigá-lo a admitir assim *indiretamente* (uma vez mais e pela enésima vez) sua infidelidade. Mas agora as coisas tinham mudado: ela não ia surpreendê-lo em flagrante delito de mentira, mas (diretamente e com seus próprios olhos) em delito de infidelidade. Quisesse ou não, ela veria a mulher com quem Klima passara o dia. Ao pensar nisso, ela quase vacilava. É claro, havia muito tempo ela estava certa de *saber* tudo, mas ainda não tinha *visto* nada (nenhuma amante de seu marido). Na verdade, ela não sabia nada, ela só achava que sabia, e atribuía a essa suposição a força da certeza. Acreditava na infidelidade do marido como um cristão acredita na existência de Deus. Só que o cristão acredita em Deus com a certeza absoluta de nunca vê-lo. Ao pensar que naquele dia ela ia ver Klima com uma mulher, sentia o mesmo temor de um cristão a quem Deus anunciasse por telefone que viria à sua casa para almoçar.

Seu corpo todo foi invadido pela angústia. Mas depois ouviu alguém chamar seu nome. Virou-se e viu três rapazes em pé no meio das arcadas. Eles usavam jeans e suéter, e seu jeito descontraído destacava-se da maneira formal com que se vestiam os outros clientes da estação que estavam passeando. Cumprimentaram-na com risos.

— Que surpresa! — disse ela. Eram cineastas, amigos que ela conhecia do tempo em que se apresentava no palco com microfone.

O maior, que era diretor, segurou-a logo pelo braço:

— Como seria bom pensar que você veio aqui por nossa causa...

— Mas você veio por causa de seu marido — disse tristemente o assistente de diretor.

— Que falta de sorte! — disse o diretor. — A mulher mais bonita da capital, e o animal do trompetista a prende numa gaiola, o que faz com que ela não seja vista em lugar algum há muitos anos...

— Porra! — disse o câmera (era o rapaz do suéter furado), — temos que celebrar isto!

Eles pretendiam dedicar sua eloquente admiração a esta rainha que, por sua vez, se apressava em jogá-la distraidamente numa cesta cheia de presentes desprezados. Enquanto isso, ia recebendo suas palavras com gratidão, como uma moça aleijada se apoia num braço benevolente.

12

Olga falava e Jakub pensava que acabara de passar o veneno para a moça desconhecida, e que ela corria o risco de o engolir a qualquer momento.

Aconteceu de repente, tão depressa que ele não tivera nem mesmo tempo de se dar conta. Tudo aconteceu à sua revelia.

Olga falava sem parar, cheia de indignação, e Jakub, em pensamento, procurava justificativas, dizendo-se que não tinha querido dar o frasco à moça, e que fora ela, e apenas ela, que o obrigara a fazê-lo.

Mas compreendeu logo que era uma desculpa fácil. Ele tinha mil maneiras de não obedecer. À insolência da moça, ele poderia opor a sua própria insolência, deixar cair tranquilamente o primeiro comprimido na palma de sua mão, e colocá-lo no bolso.

E já que lhe faltara presença de espírito e não fizera nada, poderia correr atrás da moça e confessar-lhe que o frasco continha veneno. Não era difícil, portanto, explicar-lhe o acontecido.

Mas em vez de agir, ele continua sentado em sua cadeira e olha para Olga, que lhe explica alguma coisa. É preciso levantar-se e começar a correr para alcançar a enfermeira. Ainda há tempo. Ele tem o dever de fazer tudo para salvar-lhe a vida. Então por que continua sentado em sua cadeira, por que não se mexe?

Olga falava, e ele se espantava de continuar sentado em sua cadeira sem se mexer.

Acabava de decidir que devia levantar-se imediatamente e ir à procura da enfermeira. Perguntava-se como iria explicar a Olga a sua saída. Deveria contar o que acabara de acontecer? Concluiu que não podia fazer isso. O que aconteceria se a enfermeira tomasse o remédio antes que ele conseguisse encontrá-la? Deveria Olga saber que Jakub era um assassino? E, mesmo se a encontrasse a tempo, como poderia justificar-se aos olhos de Olga e fazê-la compreender por que ele havia hesitado tanto tempo? Como poderia explicar-lhe que dera o frasco àquela moça? A partir de agora, desse momento em que ele ficava sem fazer nada, pregado à cadeira, ele devia passar, aos olhos de qualquer observador, por um assassino!

Não, ele não podia se abrir com Olga, mas o que podia fazer? Como explicar-lhe que precisava levantar-se imediatamente e correr sabe Deus para onde? Mas o que importava o que ele ia dizer? Como ainda podia se preocupar com tais bobagens? Como podia, tratando-se de vida ou morte, importar-se com o que Olga iria pensar? Sabia que suas reflexões eram inteiramente despropositadas e que cada segundo de hesitação aumentava mais o perigo que ameaçava a enfermeira. Na verdade, já era muito tarde. Pela demora de sua hesitação, ela já devia estar longe da cervejaria com seu amigo, e Jakub nem sabia em que direção procurá-la. Pelo menos saberia aonde teriam ido? Por onde deveria começar a procurá-los? Mas logo se censurava por esse argumento, que não passava de uma nova desculpa. É claro que seria difícil encontrá-los logo, mas não era impossível. Ainda havia tempo para agir, mas era preciso agir imediatamente, senão seria tarde demais!

— Comecei mal o dia — dizia Olga. — Não acordei, cheguei tarde para o café, recusaram-se a me servir, e nos banhos havia aqueles cineastas estúpidos. Pensar que eu tinha tanta vontade de passar um dia bom, já que é o último que passo aqui com você. É tão importante para mim. Será que pelo menos você sabe, Jakub, a que ponto é importante para mim?

Inclinou-se sobre a mesa, e segurou-lhe as mãos.

— Não fique com medo de nada, não há razão nenhuma para que você passe um mau dia — disse-lhe ele com esforço, porque se sentia incapaz de fixar nela a sua atenção. Uma voz lembrava-lhe sem parar que a enfermeira tinha veneno em sua bolsa, que sua vida — ou morte — dependia dele. Era uma voz inoportuna, insistente, mas ao mesmo

155

tempo estranhamente fraca, que parecia vir de profundezas muito distantes.

13

Klima seguia com Ruzena ao longo de uma estrada florestal e constatava que desta vez o passeio em carro de luxo não contava absolutamente a seu favor. Nada podia tirar Ruzena de seu mutismo teimoso e o trompetista ficou muito tempo sem falar. Quando o silêncio tornou-se muito pesado, ele disse:

— Você vai ao concerto?

— Não sei — respondeu ela.

— Vá — disse ele, e o concerto da noite forneceu o pretexto para uma conversa que os desviou um instante da briga. Klima fez um esforço para falar num tom engraçado sobre o médico que tocava bateria, e decidiu adiar até a noite o encontro decisivo com Ruzena.

— Espero que você me espere depois do concerto — disse ele. — Como da última vez... Assim que pronunciou estas últimas palavras, compreendeu o significado delas. *Como da última vez*, isto queria dizer que eles iriam fazer amor depois do concerto. Meu Deus, como é que ele não pensara nessa eventualidade?

Era estranho, mas até aquele momento a ideia de que poderia dormir com ela nem tinha lhe ocorrido. A gravidez de Ruzena empurrava-a doce e imperceptivelmente para o território assexuado da angústia. Claro que ele estava empenhado em se mostrar terno com ela, em beijá-la, em acariciá-la, e tinha o cuidado de fazê-lo, mas era apenas um gesto, uma ação vazia, em que os interesses de seu corpo estavam completamente ausentes.

Pensando nisso agora, convencia-se de que essa indiferença em relação ao corpo de Ruzena era o erro mais grave que tinha cometido ao longo dos últimos dias. É, agora era uma coisa absolutamente evidente para ele (e ficava com raiva dos amigos que consultara por não terem chamado sua atenção para isso): era inteiramente necessário dormir com ela! Porque esta súbita distância que a moça assumira e que ele não conseguia transpor provinha justamente do fato de seus corpos continuarem distantes. Ao recusar o filho, a flor das entranhas de Ruzena, ele rejeitava, numa mesma recusa ofensiva, o corpo grávido. Era preciso demonstrar, em relação ao outro corpo (não grávido), um interesse ainda maior. Era preciso opor ao corpo fecundo o corpo infecundo e encontrar nele um aliado.

Quando fez esse raciocínio, sentiu em si uma nova esperança. Abraçou o ombro de Ruzena e inclinou-se para ela:

— Me aperta o coração ver que brigamos. Escuta, vamos achar uma solução. O principal é que estejamos juntos. Não vamos deixar ninguém nos tirar esta noite e será uma noite tão bela quanto a última vez.

Com uma mão ele segurava o volante, com a outra abraçava os ombros de Ruzena, e de repente achou que sentia, do fundo dele, brotar o desejo da pele nua daquela moça, e alegrou-se, pois esse desejo vinha a propósito para fornecer-lhe a única linguagem comum que podia falar com ela.

— E onde vamos nos encontrar? — perguntou ela.

Klima não ignorava que toda a estação de águas veria na companhia de quem ele deixaria o concerto. Mas não tinha escapatória:

— Assim que terminar, venha me encontrar atrás do estrado.

14

Enquanto Klima apressava-se em chegar à Casa do Povo para ensaiar uma última vez "Saint Louis' blues" e "When the saints go marching in", Ruzena lançava olhares preocupados à sua volta. Alguns instantes antes, no carro, ela constatara várias vezes, no retrovisor, que ele os seguia de longe na sua moto. Mas, no momento, não o via em parte alguma.

Tinha a impressão de ser uma fugitiva perseguida pelo tempo. Sabia que era preciso, de hoje para amanhã, saber o que queria, mas não sabia nada. Não havia uma só pessoa no mundo em quem tivesse confiança. Sua própria família era-lhe desconhecida. Frantisek a amava, mas era justamente por isso que ela suspeitava dele (como a corça suspeita do caçador). Suspeitava de Klima (como o caçador suspeita da corça). Ela gostava de suas colegas, mas não confiava nelas totalmente (como o caçador suspeita dos outros caçadores). Ela estava só na vida e havia algumas semanas tinha um estranho companheiro que trazia nas entranhas; alguns achavam que essa era sua maior chance, outros pensavam exatamente o contrário, mas ela própria só sentia indiferença.

Ela não sabia nada. Estava cheia de ignorância, até a borda. Era pura ignorância. Ignorava mesmo aonde ia.

Acabara de passar diante do restaurante Slavia, a pior casa da estação de águas, um café imundo onde as pessoas do local vinham tomar cerveja e cuspir no chão. Antigamente, era sem dúvida o melhor restaurante da estação de águas, e desse tempo tinham restado, no pequeno jardim, três mesas de madeira pintadas de vermelho (a pintura já descascada), com cadeiras, lembranças do prazer burguês das fanfarras ao ar livre, das reuniões dançantes e dos guarda-sóis apoiados nas cadeiras. Mas, o que poderia Ruzena saber desse tempo, ela que, na vida, só andava na estreita passarela do presente, desprovida de qualquer memória histórica? Ela não podia ver a sombra do guarda-sol rosa projetada de um tempo longínquo até aqui; ela via apenas três homens de jeans, uma mulher bonita e uma garrafa de vinho sobre uma mesa sem toalha.

Um dos homens chamou-a. Ela virou-se e reconheceu o câmera do suéter furado.

— Venha beber com a gente — ele a convidou.

Ela obedeceu.

— Graças a esta encantadora jovem, pudemos fazer hoje um filme pornô — disse o câmera, apresentando assim Ruzena à mulher que lhe estendeu a mão e murmurou seu nome de maneira ininteligível.

Ruzena sentou-se ao lado do câmera, que colocou um copo à sua frente e serviu vinho.

Ruzena sentia-se agradecida por alguma coisa estar acontecendo. Por não precisar mais pensar aonde ir, nem no que fazer. Por não precisar mais decidir se devia ou não ficar com a criança.

15

Ele acabou, no entanto, por se decidir. Pagou o garçom e disse a Olga que ia embora e que se encontrariam antes do concerto.

Olga perguntou-lhe o que tinha para fazer e Jakub teve a sensação desagradável de estar sendo interrogado. Respondeu que tinha um encontro com Skreta.

— Muito bem — disse ela —, mas isso não vai levar muito tempo. Vou trocar de roupa e espero você aqui às seis horas. Te convido para jantar.

Jakub acompanhou Olga ao pavilhão Karl Marx. Quando já tinha desaparecido no corredor que levava aos quartos, dirigiu-se ao porteiro:

— Por favor, a senhorita Ruzena está no quarto?

— Não — disse o porteiro. — A chave está no quadro.

— Tenho uma coisa extremamente urgente para dizer a ela — disse Jakub. — O senhor sabe onde poderia encontrá-la?

— Não tenho a menor ideia.

— Eu a vi, há pouco, com o trompetista que dará um concerto aqui nesta noite.

— Sim, eu também ouvi falar que ela está saindo com ele — disse o porteiro. — A esta hora, ele deve estar ensaiando na Casa do Povo.

Quando o dr. Skreta, que estava instalado sobre o estrado, atrás de sua bateria, reparou em Jakub no enquadramento da porta, fez-lhe sinal. Jakub sorriu-lhe e examinou as fileiras de cadeiras onde se encontrava uma dezena de entusiastas. (Sim, Frantisek, que se tornara a sombra de Klima, estava entre eles.) Jakub sentou-se, esperando que a enfermeira fosse finalmente aparecer.

Perguntava-se onde ainda poderia procurá-la. Nesse momento ela poderia estar nos mais diversos lugares de que não tinha a menor ideia. Deveria perguntar ao trompetista? Mas como formular a pergunta? E se já tivesse acontecido alguma coisa com Ruzena? Jakub já tinha pensado que a morte eventual da enfermeira seria totalmente inexplicável e que um assassino que matava sem motivo não podia ser descoberto. Deveria chamar a atenção para ele? Deveria deixar uma pista e se expor às suspeitas?

Ele voltou à razão. Uma vida humana estava em perigo e ele não tinha o direito de raciocinar tão covardemente. Aproveitou uma interrupção entre duas partes e subiu por detrás do estrado. Skreta virou-se para ele, radiante, mas Jakub pousou um dedo nos lábios e lhe pediu, à meia-voz, para perguntar ao trompetista onde se encontrava naquele momento a enfermeira com quem o vira, uma hora atrás, na cervejaria.

— O que vocês todos querem com ela? — resmungou

Skreta, com desagrado. — Onde está Ruzena? — gritou em seguida ao trompetista, que enrubesceu e disse que não sabia de nada.

— Paciência! — disse Jakub, desculpando-se. — Continuem!

— O que está achando de nossa orquestra? — perguntou-lhe o dr. Skreta.

— Excelente — disse Jakub, e desceu para se sentar na sala. Sabia que estava agindo muito mal. Se estivesse verdadeiramente preocupado com a vida de Ruzena, teria movido céus e terras e alertado todo mundo para que fosse encontrada o mais rapidamente possível. Mas ele a procurava apenas para ter um álibi diante de sua própria consciência.

Ele relembrou novamente o momento em que lhe dera o frasco contendo veneno. Teria sido realmente tão rápido que ele não tivera tempo de notar? Teria realmente acontecido à sua revelia?

Jakub sentia que não era verdade. Sua consciência não estava tranquila. Evocou novamente o rosto debaixo dos cabelos loiros e compreendeu que não fora por acaso (não fora por causa do torpor de sua consciência) que ele dera à enfermeira o frasco contendo o veneno, mas que era, de sua parte, um antigo desejo que aguardava uma ocasião havia muitos anos; um desejo tão forte que a ocasião, finalmente, obedeceu-lhe e acorreu.

Ele estremeceu e levantou-se da cadeira. Voltou correndo para o pavilhão Karl Marx, mas Ruzena ainda não tinha chegado.

16

Que idílio, que repouso! Que entreato no meio do drama! Que tarde voluptuosa com os três faunos!

As duas perseguidoras do trompetista, suas duas desgraças, estão sentadas uma em frente à outra, as duas bebem vinho da mesma garrafa e estão as duas igualmente felizes de estarem ali e poderem, mesmo por um instante, fazer outra coisa que não pensar nele. Que conivência enternecedora, que harmonia!

Kamila olha para os três homens. Ela um dia fizera parte do círculo deles e agora os vê como se tivesse sob os olhos o negativo de sua vida presente. Mergulhada em preocupações, está sentada em frente à pura despreocupação; ela, amarrada a um só homem, está sentada na frente de três faunos que encaram a virilidade em sua diversidade infinita.

O propósito dos faunos é evidente: passar a noite com as duas mulheres, passar a noite a cinco. É um fim ilusório, pois sabem que o marido de Kamila está aqui, mas este fim é tão belo que eles o perseguem, mesmo sabendo-o inacessível.

Kamila sabe aonde querem chegar, e se abandona mais e mais facilmente à busca deste fim que sabe ser apenas uma fantasia, um jogo, uma tentação do sonho. Ela ri daqueles propósitos duvidosos, faz brincadeiras encorajantes com sua cúmplice desconhecida e deseja prolongar o mais possível este entreato da peça para retardar por muito tempo a hora de ver sua rival e de encarar a verdade.

Ainda uma garrafa de vinho, todo mundo está alegre, todo mundo está um pouco bêbado, porém, menos de vinho do que dessa atmosfera estranha, desse desejo de prolongar o instante que vai passar bem depressa

Kamila sente a perna do diretor pressionar sua perna debaixo da mesa. Ela bem que percebe, mas não retira a perna. É um contato que estabelece uma comunicação sensual entre eles, mas que poderia também ter acontecido por acaso, e que poderia lhe ter passado despercebido, tão insignificante que era. É pois um contato situado exatamente na fronteira do inocente e do impudico. Kamila não quer ultrapassar essa fronteira, mas está feliz por poder permanecer nela (no estreito território de uma súbita liberdade) e ficaria ainda mais feliz se essa linha mágica se deslocasse sozinha para outras alusões verbais, outros toques e outros jogos. Protegida pela inocência ambígua dessa fronteira movediça, ela quer se deixar levar para longe, longe e mais longe ainda.

Enquanto a beleza de Kamila, radiosa ao ponto de quase incomodar, obriga o diretor a conduzir sua ofensiva com uma prudente lentidão, o charme banal de Ruzena atrai o câmera com violência e sem desvios. Ele a abraça, a mão sobre um seio.

Kamila observa a cena. Faz muito tempo que não vê de perto os gestos impudicos dos outros! Olha a mão do homem que cobre o seio da jovem, o amassa, o esmaga e o acaricia através da roupa. Ela observa o rosto de Ruzena, imóvel, passivo, tomado de um abandono sensual. A mão acaricia o seio, o tempo passa docemente e Kamila sente contra sua outra perna o joelho do assistente.

Nesse momento ela diz:

— Eu bem que ficaria na farra a noite toda.

— Que o diabo carregue o trompetista do seu marido! — retrucou o diretor.

— Sim, que o diabo o carregue — repetiu o assistente.

17

Nesse momento, Ruzena a reconheceu. Sim, era esse rosto que suas colegas lhe haviam mostrado na fotografia! Ela afastou bruscamente a mão do câmera.

O rapaz protestou:

— Você é louca?

Novamente tentou abraçá-la, e novamente foi repelido.

— Você é muito atrevido! — ela gritou.

O diretor e seu assistente começaram a rir.

— Você fala sério? — perguntou o assistente a Ruzena.

— É claro que falo sério — ela retrucou num tom severo.

O assistente olhou seu relógio e disse ao câmera:

— São exatamente seis horas. Esta reviravolta acaba de acontecer porque a nossa amiga se comporta como mulher séria em todas as horas pares. É preciso ter paciência até as sete horas.

Novamente estouraram os risos. Ruzena estava vermelha de humilhação. Ela tinha se deixado surpreender com a mão de um desconhecido sobre o seio. Ela tinha se deixado surpreender sendo bolinada. Ela tinha se deixado surpreender por sua pior rival, sendo ridicularizada por todos.

O diretor disse ao câmera:

— Você talvez devesse pedir à senhorita para excepcionalmente considerar seis horas como uma hora ímpar.

— Você acha que teoricamente é possível considerar seis como um número ímpar? — perguntou o assistente.

— Acho — disse o diretor. — Euclides, em seus famosos princípios, disse literalmente: em certas circunstâncias especiais e muito misteriosas, certos números pares comportam-se como números ímpares. Parece que é exatamente com uma dessas circunstâncias misteriosas que nos confrontamos agora.

— Consequentemente, Ruzena, você aceita considerar que seis horas é uma hora ímpar?

Ruzena calava-se.

— Aceita? — disse o câmera, inclinando-se para ela.

— A senhorita se cala — disse o assistente. — Portanto, devemos decidir se podemos interpretar seu silêncio como um consentimento ou uma recusa.

— Podemos votar — disse o diretor.

— Isso mesmo — disse o assistente. — Quem acha que

Ruzena aceita que nessa circunstância seis seja um número ímpar? Kamila! Você vota primeiro.

— Acho que Ruzena está inteiramente de acordo — disse Kamila.

— E você, diretor?

— Estou convencido — disse o diretor com sua voz pausada — de que a senhorita Ruzena concordará em considerar seis como um número ímpar.

— O câmera está muito interessado, portanto ele não vota. Quanto a mim, voto a favor — disse o assistente.

— Portanto, nós decidimos, por três votos, que o silêncio de Ruzena equivale a um consentimento. Consequentemente, câmera, você pode continuar imediatamente sua empreitada.

O câmera se inclinou para Ruzena e a abraçou de tal modo que sua mão tocava de novo no seio dela. Ruzena afastou-o ainda mais violentamente do que havia pouco, e gritou:

— Tire suas patas sujas!

Kamila intercedeu:

— Vamos lá, Ruzena, ele não pode fazer nada, já que você o atrai tanto. Nós todos estávamos de tão bom humor...

Alguns minutos antes, Ruzena estava inteiramente passiva e abandonara-se ao curso dos acontecimentos, para que eles fizessem com ela qualquer coisa, como se quisesse ler sua sorte nos acasos que lhe aconteceriam. Ela se deixaria levar, ela se deixaria seduzir e se deixaria convencer de qualquer coisa, apenas para escapar do impasse em que caíra.

Mas, para quem levantara um rosto suplicante, o acaso acabava de se revelar hostil, e Ruzena, ridicularizada diante de sua rival, desmoralizada diante de todos, pensou que tinha apenas um apoio sólido, uma única consolação, uma única chance: o embrião nas suas entranhas. Toda a sua alma (uma vez mais!) tornava a descer ao interior das profundezas de seu corpo, e Ruzena estava cada vez mais convencida de que não deveria nunca se separar daquele que nela palpitava pacificamente. Tinha nele seu trunfo secreto, que a elevava bem alto, acima de seus risos e de suas mãos sujas. Tinha muita vontade de lhes dizer, de lhes gritar na cara, de se vingar deles e de seus sarcasmos, de se vingar dela e da sua amabilidade condescendente.

Sobretudo calma! — ela pensou, e revirou sua bolsa para apanhar o frasco. Acabara de tirá-lo quando sentiu uma mão apertar-lhe firmemente o pulso.

18

Ninguém o tinha visto se aproximar. Surgira subitamente e Ruzena, que acabara de virar a cabeça, via seu sorriso.

Ele continuava segurando sua mão; Ruzena sentiu o contato terno e vigoroso de seus dedos em seu pulso, e obedeceu: o frasco tornou a cair no fundo de sua bolsa.

— Permitam-me, senhores, que eu me sente em sua mesa. Meu nome é Bertlef.

Nenhum dos homens estava entusiasmado com a chegada do intruso, nenhum se apresentou e Ruzena não tinha traquejo para apresentar-lhe seus amigos.

— Minha chegada inesperada parece desconcertá-los — disse Bertlef. Ele apanhou uma cadeira na mesa vizinha e arrastou-a até a extremidade livre da mesa, de modo que ele presidia a mesa e Ruzena estava à sua direita.

— Desculpem-me — retornou ele. — Tenho há muito tempo o hábito curioso de não chegar, mas de aparecer.

— Nesse caso — disse o assistente — permita-me que eu o trate como uma aparição, e não me ocupe de você.

— De bom grado — disse Bertlef, inclinando-se ligeiramente. — Mas temo que, apesar de toda a minha boa vontade, você não consiga fazê-lo.

Virou-se para a porta iluminada da sala do café e bateu palmas.

— Quem convidou você para cá, chefe? — perguntou o câmera.

— Você quer dizer com isso que eu não sou bem-vindo? Eu poderia ir embora agora mesmo com Ruzena, mas hábito é hábito. Venho aqui todos os dias, sento nesta mesa, no fim da tarde, para beber uma garrafa de vinho.

Ele examinou o rótulo da garrafa colocada sobre a mesa:

— Mas certamente um vinho melhor do que esse que vocês estão bebendo.

— Me pergunto como é que você faz para encontrar um vinho bom nesta espelunca — disse o assistente.

— Tenho a impressão, chefe, de que você conta muita vantagem — acrescentou o câmera, tentando ridicularizar o intruso. — É verdade que a partir de uma certa idade não se pode fazer outra coisa.

— Você está enganado — disse Bertlef, como se não tivesse ouvido o insulto do câmera —, eles têm aqui escondidas algumas garrafas melhores que as que se podem encontrar nos melhores hotéis.

Ele já estava estendendo a mão para o dono do restaurante, que mal aparecera durante todo esse tempo, mas que agora acolhia Bertlef perguntando:

— É preciso pôr a mesa para todo mundo?

— Claro — respondeu Bertlef, e virando-se para todos os outros: — Senhoras e senhores, eu os convido a beber comigo do vinho cujo sabor muitas vezes apreciei e que acho excelente. Aceitam?

Ninguém respondeu a Bertlef, e o dono do restaurante disse:

— Quando se trata de beber e comer, posso recomendar

às senhoras e aos senhores que confiem inteiramente no senhor Bertlef.

— Meu amigo — disse Bertlef ao dono —, traga-me duas garrafas com uma grande tábua de queijos.

Depois, virando-se para os outros:

— Suas hesitações são inúteis, os amigos de Ruzena são meus amigos.

Um garoto, que mal tinha doze anos, apareceu na sala carregando uma bandeja com copos, pratos e uma toalha. Colocou a bandeja na mesa vizinha e inclinou-se por cima dos ombros dos clientes para tirar seus copos cheios pela metade. Colocou-os, juntamente com a garrafa fechada, na mesma mesa onde acabava de deixar a bandeja. Depois, com um pano, esfregou por algum tempo a mesa, visivelmente suja, para depois estender sobre ela uma toalha de inesperada brancura. Em seguida apanhou na mesa ao lado os copos que tinha acabado de tirar e quis colocá-los em frente aos convidados.

— Tire esses copos e essa garrafa de vinho ordinário — disse Bertlef ao garoto. — Seu pai vai nos trazer uma boa garrafa.

O câmera protestou:

— Chefe, quer fazer a gentileza de nos deixar beber o que temos vontade?

— Como quiser, senhor — disse Bertlef. — Não sou a favor de impor às pessoas a felicidade. Cada um tem direito ao seu mau vinho, à sua burrice, e ao seu sujo nas unhas. — Escuta, garoto — acrescentou, dirigindo-se ao menino: — Dê a cada um o seu antigo copo e um copo vazio. Meus convidados poderão escolher livremente entre o que é produto da sombra e um vinho nascido do sol.

Portanto, agora, havia dois copos por pessoa — um copo vazio e um outro com um resto de vinho. O dono aproximou-se da mesa com duas garrafas. Apertou a primeira entre os joelhos e retirou a rolha com um grande gesto. Depois despejou um pouco de vinho no copo de Bertlef. Este levou o copo aos lábios, provou e virou-se para o dono:

— Está excelente. É de 23?

— É de 22 — retificou o dono.

— Sirva! — disse Bertlef, e o dono deu a volta em torno da mesa com a garrafa, enchendo todos os copos vazios.

Bertlef segurou o copo.

— Meus amigos, provem este vinho. Ele tem o sabor doce do passado. Saboreiem como se aspirassem, sugando o tutano de um osso, um verão esquecido há muito tempo. Ao brindar, gostaria de juntar o passado e o presente, e o sol de 1922 ao sol deste instante. Este sol é Ruzena, esta moça muito simples que é uma rainha sem o saber. Ela é, no cenário desta cidade, desta estação de águas, um diamante na roupa de um mendigo; ela é uma meia-lua esquecida no céu pálido do dia; ela é a borboleta que voa na neve.

O câmera riu um sorriso forçado:

— Você não está exagerando, chefe?

— Não, não estou exagerando — disse Bertlef, e dirigiu-se ao câmera:

— Você tem essa impressão porque mora apenas no subsolo do ser, um vinagre antropomorfizado! Você transborda de ácidos que fervem dentro de você como na vasilha de um alquimista! Você daria a vida para descobrir à sua volta a feiura que carrega dentro de si. Para você, é a única maneira de se sentir por um momento em paz com o mundo. Pois o mundo, que é belo, lhe dá medo, faz mal a você e o empurra, sem cessar, para o seu centro. Como é intolerável, não é? Ter sujeira nas unhas e uma bela mulher ao lado! Daí é preciso primeiro sujar a mulher e depois gozar. Não é assim, cavalheiro? Estou contente que você esconda as mãos embaixo da mesa, certamente tinha razão em falar de suas unhas.

— Não ligo a mínima para suas boas maneiras e não sou,

como você, um palhaço de colarinho branco e gravata — cortou o câmera.

— Suas unhas sujas e seu suéter furado não são uma coisa nova sob o sol — disse Bertlef. — Antigamente havia um filósofo cínico que desfilava pelas ruas de Atenas vestido com um casaco furado para se fazer admirar por todos exibindo seu desprezo pelas convenções. Um dia, Sócrates o encontrou e disse: "Vejo a sua vaidade pelo buraco da sua roupa". Sua sujeira também, senhor, é uma vaidade, e sua vaidade é suja.

Ruzena não podia se refazer de seu espanto. O homem que conhecia vagamente como curista tinha vindo em seu auxílio como se tivesse caído do céu, e ela estava seduzida pelo encanto natural de sua conduta e pela segurança cruel com que reduzia a pó a insolência do câmera.

— Vejo que você perdeu o uso da palavra — disse Bertlef ao câmera depois de um breve silêncio — e acredite que eu não quis absolutamente ofendê-lo. Gosto de concórdia, não de brigas, e me deixei levar pela eloquência, peço-lhe que me desculpe. Quero apenas uma coisa, que vocês provem este vinho e que façam comigo um brinde a Ruzena, por quem estou aqui.

Bertlef tinha levantado seu copo mas ninguém o acompanhou.

— Chefe — disse Bertlef se dirigindo ao dono do restaurante —, você vai brindar conosco!

— Com este vinho, sempre — disse o dono, e pegou um copo vazio na mesa vizinha, enchendo-o de vinho.

— O senhor Bertlef conhece os bons vinhos. Há muito tempo que ele sentiu o cheiro da minha adega como uma andorinha adivinha longe o seu ninho.

Bertlef deu um riso satisfeito de homem adulado em seu amor-próprio.

— Você vai brindar a Ruzena conosco? — disse ele.

— Ruzena? — perguntou o dono.

— É, Ruzena — disse Bertlef, indicando sua vizinha com o olhar. — Será que lhe agrada tanto quanto a mim?

— Com o senhor Bertlef, só se veem moças bonitas. Nem é preciso olhar para a senhorita para saber que ela é bonita, já que está sentada a seu lado.

Mais uma vez Bertlef fez ouvir seu riso satisfeito, o dono riu junto e, coisa estranha, mesmo Kamila, a quem desde o começo a chegada de Bertlef divertia muito, riu com eles. Era um riso inesperado, mas espantosa e inexplicavelmente contagioso. Com uma delicada solidariedade, o diretor, por sua vez, juntou-se a Kamila, depois o assistente, e por fim Ruzena, que mergulhou nesse riso polifônico como um abraço benfazejo. Era seu primeiro riso do dia. Seu primeiro instante de relaxamento e de alívio. Ela ria mais alto do que todos e não conseguia parar de rir.

Bertlef levantou seu copo:

— A Ruzena!

O dono levantou seu copo, depois Kamila, seguida do diretor e do assistente, e todos repetiram depois de Bertlef:

— A Ruzena!

Até o câmera acabou brindando e bebeu sem dizer palavra.

O diretor provou um gole:

— É verdade, este vinho é excelente — disse ele.

— Eu disse! — fez o dono.

Nesse meio-tempo, o garoto pusera uma grande tábua de queijos no meio da mesa e Bertlef disse:

— Sirvam-se, são excelentes!

O diretor estava espantado:

— Onde você encontrou essa variedade de queijos? Parece que estamos na França.

De repente, a tensão passou inteiramente, a atmosfera se distendeu. Falava-se com fluência, serviam-se queijos, perguntava-se onde o dono tinha conseguido encontrá-los (neste país em que havia tão poucas variedades de queijos) e servia-se vinho nos copos.

E, no melhor momento, Bertlef levantou-se e saudou:

— Fiquei muito feliz na companhia de vocês e agradeço. Meu amigo, o doutor Skreta, dá um concerto esta noite e Ruzena e eu queremos assistir.

19

Ruzena e Bertlef acabavam de desaparecer nos tênues véus do anoitecer, e o entusiasmo inicial, que havia levado os bebedores até a sonhada ilha da luxúria, tinha desaparecido completamente e nada poderia trazê-lo de volta. Um por um, cediam ao desânimo.

Para Kamila era como acordar de um sonho onde ela gostaria de permanecer a qualquer custo. Imaginava que não era forçada a ir ao concerto. Que seria para ela mesma uma surpresa fantástica descobrir que não tinha vindo atrás de seu marido, mas para ter uma aventura. Como seria maravilhoso ficar com os três cineastas e voltar para casa entrando escondida no dia seguinte de manhã. Alguma coisa lhe dizia que era o que devia fazer; que isso seria um ato; uma libertação; uma cura; um despertar depois de um feitiço.

Mas o efeito do álcool já tinha passado. O feitiço parara de surtir efeito. Estava só com ela mesma, com seu passado, com sua cabeça de ideias lentas e com suas angústias. Ela gostaria de prolongar, mesmo por algumas horas, esse sonho curto demais. Mas sabia que o sonho se desvanecera e que se dissipava como a penumbra matinal.

— Preciso ir também — disse ela.

Tentaram dissuadi-la, mesmo sabendo que não tinham

mais força suficiente nem confiança neles próprios para fazê-la ficar.

— Merda — disse o câmera. — Quem era esse cara?

Queriam perguntar ao dono, mas depois que Bertlef partira, novamente ficaram sem ninguém para atendê-los. Da sala do café chegavam as vozes dos fregueses meio bêbados, e eles estavam sentados ali, em torno da mesa, abandonados diante dos restos de vinho e de queijo.

— Seja lá quem for, nos estragou a noite. Carregou uma das mulheres, e agora a outra vai-se embora sozinha. Vamos acompanhar Kamila.

— Não — disse ela —, fiquem aqui. Quero ficar sozinha.

Não estava mais com eles. Agora a presença deles a perturbava. O ciúme, como a morte, tinha vindo buscá-la. Estava sob o seu poder e não enxergava mais ninguém. Levantou-se e saiu na direção por onde Bertlef seguira com Ruzena um instante antes. Ouviu de longe o câmera dizer:

— Merda...

20

Antes de iniciar o concerto, Jakub e Olga, depois de cumprimentarem Skreta na sala dos artistas, foram para o auditório. Olga queria sair no intervalo para poder passar toda a noite sozinha com Jakub. Jakub respondera que seu amigo ficaria chateado, mas Olga afirmava que ele nem notaria a saída.

A sala estava cheia e, numa das filas, só os dois lugares que deveriam ocupar ainda estavam vazios.

— Esta mulher nos segue como nossa própria sombra — disse Olga se inclinando em direção a Jakub quando se sentaram.

Jakub virou a cabeça e viu, ao lado de Olga, Bertlef, e ao

lado de Bertlef, a enfermeira que tinha dentro de sua bolsa o veneno. Seu coração parou de bater por um instante, mas como toda a vida se esforçara para esconder o que se passava no seu íntimo, disse com a voz tranquila:

— Estou vendo que estamos na fila dos lugares de cortesia que Skreta distribuiu a amigos e conhecidos. Assim, ele sabe em que fileira estamos e vai notar nossa ausência.

— Você dirá a ele que na frente a acústica não é boa e por isso, no intervalo, fomos nos sentar no fundo da sala — disse Olga.

Mas Klima já estava no palco com seu trompete de ouro e o público começava a aplaudir. Quando o dr. Skreta apareceu atrás dele, as palmas aumentaram de intensidade e uma onda de murmúrios percorreu a sala. O dr. Skreta permanecia modestamente atrás do trompetista e movia o braço desajeitadamente para indicar que o personagem principal do concerto era o convidado vindo da capital. O público percebeu a elegante falta de jeito desse gesto e reagiu aplaudindo com mais força ainda. Do fundo da sala alguém gritou:

— Viva o doutor Skreta!

O pianista, que era o mais discreto de todos e o menos aplaudido, sentou-se ao piano numa cadeira baixa. Skreta tomou seu lugar atrás de um impressionante conjunto de tambores, e o trompetista, com passos leves e cadenciados, ia e vinha entre o pianista e Skreta.

Os aplausos cessaram, o pianista fez soar o teclado e começou a tocar um solo. Mas Jakub notou que seu amigo estava nervoso e que olhava ao redor com ar descontente. O trompetista percebeu que o médico tinha algum problema e se aproximou dele. Skreta murmurou qualquer coisa. Os dois homens se inclinaram. Examinaram o palco, depois o trompetista apanhou um pequeno bastão junto ao piano e o entregou a Skreta.

Nesse momento, o público, que observava com atenção

toda a cena, rompeu novamente em aplausos, e o pianista, considerando os aplausos uma homenagem ao seu solo, começou a saudar o público sem interromper a música.

Olga segurou Jakub pela mão e disse-lhe no ouvido:

— É uma maravilha! Tão maravilhoso que a partir de agora acho que meu azar terminou por hoje.

O trompete e a bateria intervieram enfim. Klima soprava, indo e vindo, com pequenos passos cadenciados, e Skreta reinava na sua bateria como um esplêndido e digno Buda.

Jakub imaginava que a enfermeira, durante o concerto, ia se lembrar do remédio, que ia engolir um comprimido, cair em convulsões e morrer na cadeira, enquanto o dr. Skreta, no palco, batia em seus tambores e o público aplaudia e gritava.

De repente, compreendeu por que a jovem estava sentada na mesma fileira que ele: o encontro inesperado na cervejaria tinha sido uma tentação, uma prova. Se isso acontecera, fora para que ele pudesse ver sua própria imagem no espelho: a imagem de um homem que dá veneno a seu próximo. Mas aquele que o submetia à prova (um Deus em quem ele não acreditava) não pedia um sacrifício sangrento, não pedia o sangue de inocentes. Terminada a prova, não deveria haver uma morte, mas somente a autorrevelação de Jakub para ele próprio, para que fosse confiscado nele, para sempre, o sentimento impróprio de superioridade moral. Se a enfermeira estava sentada agora na mesma fileira que ele, era para que ele pudesse, no último momento, lhe salvar a vida. E por isso também é que estava perto dela o homem de quem Jakub se tornara amigo na véspera, e que o ajudaria.

Sim, ele aguardaria a primeira ocasião, talvez o primeiro intervalo entre duas árias, e pediria a Bertlef para sair com ele e a jovem. Dessa maneira poderia explicar tudo e essa incrível loucura terminaria.

Os músicos terminaram a primeira parte, os aplausos

crepitaram, a enfermeira pediu licença e saiu da fileira acompanhada por Bertlef. Jakub quis se levantar, segui-los, mas Olga segurou-o pelo braço, detendo-o:

— Não, por favor, agora não. Depois do intervalo!

Tudo se passou tão rapidamente que ele não teve tempo de perceber. Os músicos já atacavam a peça seguinte e Jakub compreendeu que aquele que o punha à prova não tinha feito Ruzena sentar-se a seu lado para salvá-lo, mas para confirmar acima de todas as dúvidas possíveis sua derrota e sua condenação.

O trompetista tocava seu trompete, o dr. Skreta se postava como um grande Buda nos tambores, e Jakub estava sentado em sua cadeira e não se mexia. Não via nesse momento nem o trompetista nem o dr. Skreta, via apenas a si mesmo, via que estava sentado e que não se mexia, e não podia desviar o olhar dessa terrível imagem.

21

Quando o som claro do trompete ressoou no ouvido de Klima, ele achou que era ele mesmo que vibrava assim, e que enchia sozinho todo o espaço da sala. Sentia-se invencível e forte. Ruzena estava sentada na fila dos lugares gratuitos reservados aos convidados de honra, ela estava ao lado de Bertlef (isso também era um feliz presságio), e a atmosfera da noite era encantadora. O público escutava avidamente, e sobretudo com um bom humor que dava a Klima a esperança discreta de que tudo acabaria bem. Quando crepitaram os primeiros aplausos, ele designou com um gesto elegante o dr. Skreta. Achava-o essa noite, sem saber por quê, simpático e próximo. O doutor levantou-se atrás de sua bateria e cumprimentou o público.

Mas depois da segunda peça, quando olhou na sala,

constatou que a cadeira de Ruzena estava vazia. Teve medo. A partir desse momento, tocou nervosamente, percorrendo com os olhos toda a sala, cadeira por cadeira, verificando cada lugar, mas não a encontrando. Achou que tinha ido embora deliberadamente para não ouvir mais uma vez seus argumentos, resolvida a não se apresentar diante da comissão. Onde deveria procurá-la depois do concerto? O que iria acontecer se não a encontrasse?

Sentia que tocava mal, maquinalmente, mentalmente ausente. Mas o público era incapaz de adivinhar o humor desagradável do trompetista, estava satisfeito e as ovações aumentavam de intensidade depois de cada peça.

Acalmava-se com a ideia de que ela talvez tivesse ido ao toalete. Que ela tivesse tido um mal-estar, como acontece com as mulheres grávidas. No fim de meia hora, achou que tinha ido procurar alguma coisa em casa, e que iria reaparecer. Mas o intervalo já tinha passado, o concerto chegara ao fim, e a cadeira continuava vazia. Será que ela não ousava voltar à sala no meio do concerto? Voltaria durante os últimos aplausos? Mas já estávamos nos últimos aplausos. Ruzena não aparecia, e Klima estava desesperado. O público se levantou e começou a gritar: "Bis!". Klima virou-se para o dr. Skreta e balançou a cabeça para indicar que não queria mais tocar. Mas encontrou dois olhos radiosos que só pediam para tocar bateria, tocar bateria ainda e sempre, durante a noite toda.

O público interpretava o balançar de cabeça de Klima como um sinal do inevitável coquetismo das vedetes e não parava de aplaudir. Nesse momento uma bela jovem apareceu na beira do palco, e quando Klima a enxergou, achou que ia cair, desmaiar, e nunca mais acordar. Ela lhe sorria e dizia (ele não ouvia sua voz, mas decifrava as palavras em seus lábios): — Muito bem, toca! Toca!

Klima levantou seu trompete para mostrar que ia tocar. O público calou-se de uma só vez.

Seus dois companheiros exultavam, e bisaram o último número. Para Klima, era como tocar numa fanfarra fúnebre acompanhando seu próprio enterro. Ele tocava e sabia que tudo estava perdido, que só lhe restava fechar os olhos, abaixar os braços, deixar-se esmagar pelas rodas do destino.

22

Sobre uma pequena mesa, no apartamento de Bertlef, estavam colocadas lado a lado garrafas que traziam etiquetas incríveis, com nomes exóticos. Ruzena não conhecia nada sobre bebidas de luxo e pediu uísque, já que não podia designar outras.

No entanto, sua razão esforçava-se em atravessar o véu do espanto e compreender a situação. Ela perguntou muitas vezes a Bertlef por que ele tinha procurado vê-la justamente naquele dia, já que mal a conhecia.

— Quero saber — repetia ela —, quero saber por que você pensou em mim.

— Penso em você há muito tempo — respondeu Bertlef, sem deixar de olhar nos olhos dela.

— E por que hoje mais do que em outro dia?

— Porque tudo tem a sua hora. E nossa hora é agora.

Essas palavras eram enigmáticas, mas Ruzena sentia que eram sinceras. Por ser insolúvel, a situação se tornara tão intolerável que alguma coisa tinha que acontecer.

— Sim — disse ela com ar sonhador —, foi um dia bem estranho.

— Veja, você mesma sabe que cheguei a tempo — disse Bertlef com voz de veludo.

Ruzena foi invadida por uma sensação confusa, mas deliciosa, de alívio: se Bertlef tinha aparecido exatamente hoje, isso significava que tudo que acontecia era comandado de outro lugar e que ela podia descansar e se entregar a essa força superior.

— É, é verdade, você chegou a tempo — disse ela.
— Eu sei.

No entanto, havia ainda alguma coisa que lhe escapava:
— Mas por quê? Por que você me procurou?
— Porque eu te amo.

A palavra *amo* tinha sido pronunciada muito baixo, mas de repente encheu a sala. Ruzena baixou a voz:
— Você me ama?
— Sim, amo.

Frantisek e Klima já tinham lhe dito esta palavra, mas nessa noite ela viveu isso pela primeira vez como realmente é, quando vem sem ser invocado, sem ser esperado, e quando está nu. Essa palavra entrou na sala como um milagre. Era totalmente inexplicável, mas para Ruzena parecia ainda mais real, porque as coisas mais elementares existem aqui embaixo sem explicação nem motivo, extraindo de si mesmas sua razão de ser.

— É mesmo? — ela perguntou, e sua voz, muito forte em geral, emitia apenas um sussurro.
— É, é verdade.
— Mas sou uma moça inteiramente banal.
— De jeito nenhum.
— Sou, sim.
— Você é bonita.
— Não.
— Você é meiga.
— Não — disse ela, balançando a cabeça.
— Você irradia doçura e bondade.

Ela balançava a cabeça:
— Não, não, não.
— Eu sei como você é. Sei melhor do que você.
— Você não sabe absolutamente nada.

179

— Sei, sim.

A confiança que emanava dos olhos de Bertlef era como um banho maravilhoso e Ruzena desejava que esse olhar, que a inundava e a acariciava, durasse o maior tempo possível.

— É verdade? Sou assim mesmo?

— É. Eu sei.

Era belo como uma vertigem: aos olhos de Bertlef ela se sentia delicada, terna, pura, ela se sentia nobre como uma rainha. De repente, era como se estivesse recheada de mel e de plantas perfumadas. Ela se achava adorável. (Meu Deus! Nunca lhe tinha acontecido de se achar tão deliciosamente adorável.)

Ela continuava a protestar:

— Mas você mal me conhece.

— Eu conheço você há muito tempo. Há muito tempo que observo você e você nem desconfia. Conheço você de cor — dizia ele, e passava os dedos em seu rosto. — Seu nariz, seu sorriso delicadamente desenhado, seus cabelos...

Depois, ele continuou a desabotoar as roupas dela, e ela nem se defendia, contentava-se em mergulhar os olhos nos olhos dele, em seu olhar que a envolvia como a água, uma água aveludada. Ela estava sentada em frente a ele com os seios nus que se retesavam sob seu olhar e que desejavam ser vistos e glorificados. Seu corpo inteiro se virava para os olhos dele como um girassol vira para o sol.

23

Eles estavam no quarto de Jakub, Olga falava e Jakub repetia para si mesmo que ainda dava tempo. Ele poderia voltar ao pavilhão Karl Marx, e se ela não estivesse lá, poderia incomodar Bertlef no apartamento vizinho e perguntar se ele não sabia por onde andava a moça.

Olga conversava e ele continuava a viver mentalmente uma penosa cena em que explicava alguma coisa à enfermeira, gaguejava, inventava pretextos, se desculpava, tentava obter dela o frasco de comprimidos. Depois, e de repente, como se estivesse cansado dessas visões que enfrentava havia muitas horas, sentiu-se possuído por uma intensa indiferença.

Não era apenas a indiferença do cansaço, era uma indiferença deliberada e combativa. Jakub acabava de compreender que, na realidade, era absolutamente indiferente que a criatura de cabelos loiros sobrevivesse, e que seria na verdade hipocrisia e uma comédia indigna se ele tentasse salvá-la. Que assim só enganaria aquele que o punha à prova. Pois aquele que o punha à prova (Deus que não existe) queria conhecer Jakub tal qual ele era, e não como fingia ser. E Jakub estava resolvido a ser leal; ser quem ele realmente era.

Estavam sentados frente a frente em poltronas, havia entre eles uma pequena mesa. Jakub via Olga inclinar-se em direção a ele, por cima dessa pequena mesa, e ouviu sua voz:

— Queria que você me beijasse. Como é que nos conhecemos há tanto tempo e nunca nos beijamos?

24

Kamila tinha no rosto um sorriso forçado e, no fundo de si, angústia, quando se aproximou, por trás do marido, do lugar reservado aos músicos. Ela tinha medo de descobrir o rosto verdadeiro da amante de Klima. Mas não havia absolutamente amante, na realidade havia umas garotas que se agitavam para pedir a Klima um autógrafo, mas ela compreendia (tinha um olho de águia) que nenhuma delas o conhecia pessoalmente.

No entanto, tinha certeza de que a amante estava ali em algum lugar. Ela podia adivinhar no rosto de Klima, que estava pálido e ausente. Ele sorria para a mulher tão falsamente quanto ela lhe sorria.

O dr. Skreta, o farmacêutico e algumas outras pessoas, sem dúvida os médicos e suas esposas, se apresentaram a Kamila, inclinando-se. Alguém propôs que fossem sentar-se no único bar do lugar. Klima desculpou-se alegando cansaço. Kamila imaginou que a amante devia estar esperando no bar; era por isso que Klima recusava-se a ir até lá. E porque a infelicidade a atraía como um ímã, ela pediu-lhe que lhe desse o prazer de vencer seu cansaço.

Mas no bar, tampouco, havia alguma mulher que ela pudesse desconfiar de ter uma ligação com Klima. Sentaram-se numa grande mesa. O dr. Skreta estava falante e fazia o elogio do trompetista. O farmacêutico estava cheio de uma alegria tímida que não sabia exprimir-se. Kamila queria ser encantadora e alegremente sedutora:

— Doutor, o senhor estava esplêndido — disse ela a Skreta — e o senhor também, caro farmacêutico. — E o ambiente estava autêntico, alegre, descontraído, mil vezes melhor do que nos concertos da capital.

Sem o olhar, ela não parava um segundo de observá-lo. Sentia que ele não dissimulava o nervosismo senão às custas da maior tensão, e que ele fazia esforço para dizer uma palavra de vez em quando de modo a não deixar perceber que estava mentalmente ausente. Era evidente que ela tinha estragado alguma coisa e não era alguma coisa à toa. Se se tratasse de uma aventura banal (Klima sempre lhe jurava pelos grandes deuses que ele nunca poderia se apaixonar por outra mulher), ele não teria caído numa depressão tão profunda. É verdade, ela não via a amante, mas acreditava ver o amor; o amor no rosto do marido (um amor sofredor e desesperado), e esse espetáculo talvez fosse ainda mais doloroso.

— O que é que o senhor tem, senhor Klima? — perguntou de repente o farmacêutico, tão amável e tão observador quanto taciturno.

— Nada, absolutamente nada! — disse Klima, assustado. — Estou com um pouco de dor de cabeça.

— Não quer um comprimido?

— Não, não — disse o trompetista balançando a cabeça. — Mas peço que me desculpem se formos embora um pouco depressa. Estou realmente muito cansado.

25

Como aconteceu que ela finalmente tenha ousado?

Desde que encontrara Jakub na cervejaria, tinha achado que ele estava diferente. Estava silencioso e no entanto amável, incapaz de fixar a atenção e no entanto dócil, em pensamento estava ausente e no entanto fazia tudo que ela desejava. Essa falta de concentração (ela atribuía isso à aproximação de sua partida) lhe agradava: falava com um rosto ausente e tão distante que quase não era ouvida. Podia, portanto, dizer o que nunca lhe dissera antes.

Agora que o convidara a beijá-la, tinha a impressão de incomodá-lo e afligi-lo. Mas isso não a desencorajava absolutamente, ao contrário, dava-lhe prazer: sentia que se tornava finalmente a mulher audaciosa e provocante que sempre desejara ser, a mulher que domina a situação, a coloca em movimento, observa com curiosidade o parceiro e o faz mergulhar no constrangimento.

Continuava a olhá-lo firmemente nos olhos e disse com um sorriso:

— Mas aqui não. Seria ridículo nos beijarmos por cima da mesa. Venha.

Estendeu-lhe a mão e guiou-o para o divã saboreando a

finura, a elegância e a tranquilidade soberana de sua conduta. Depois beijou-o e agiu com uma paixão que jamais experimentara. No entanto, não era a paixão espontânea do corpo que não consegue se controlar, era a paixão do cérebro, uma paixão consciente e deliberada. Queria arrancar de Jakub o disfarce de seu papel paternal, queria escandalizá-lo e excitar-se com o espetáculo de seu constrangimento, queria violá-lo e se observar enquanto o violava, queria conhecer o sabor de sua língua e sentir suas mãos paternais ousarem pouco a pouco, cobrindo-a de carícias.

Desabotoou o paletó dele e o tirou.

26

Ele não desviou os olhos de Klima durante todo o concerto, depois misturou-se com os entusiastas que corriam para trás do palco a fim de pedir autógrafo aos artistas. Mas Ruzena não estava lá. Seguiu um pequeno grupo de pessoas que o trompetista levava para o bar da estação de águas. Foi um engano. Saiu e ficou muito tempo à espreita em frente da entrada. De repente, sentiu uma dor transpassá-lo. O trompetista acabava de sair do bar e uma forma feminina abraçava-se a ele. Pensou que fosse Ruzena, mas não era ela.

Seguiu-os até o Richmond, onde Klima entrou com a desconhecida.

Foi rapidamente até o pavilhão Karl Marx, passando pelo parque. A porta ainda estava aberta. Perguntou ao porteiro se Ruzena estava em casa. Ela não estava.

Voltou para o Richmond correndo, temendo que Ruzena tivesse se encontrado ali com Klima. Ia e vinha na aleia do parque e mantinha os olhos fixos na entrada. Não compreendia nada do que estava acontecendo. Muitas hipóteses vinham-lhe ao espírito mas elas não contavam. O que contava era que ele estava ali espreitando, e sabia que ficaria espreitando até que os encontrasse.

Por quê? De que servia isso? Não seria melhor voltar para casa e dormir?

Repetia-se que deveria enfim descobrir toda a verdade.

Mas desejaria ele realmente conhecer a verdade? Desejaria realmente, tão intensamente, ter certeza de que Ruzena dormia com Klima? Será que não preferia esperar uma provada inocência de Ruzena? No entanto, ciumento como era, teria acreditado nessa prova?

Ele não sabia por que esperava. Sabia apenas que esperaria muito tempo, toda a noite se fosse preciso, e mesmo muitas noites. Pois o tempo estimulado pelo ciúme passa numa rapidez inacreditável. O ciúme ocupa o espírito ainda mais completamente do que um trabalho intelectual apaixonante. O espírito não tem mais um segundo de lazer. Aquele que está possuído pelo ciúme ignora o tédio.

Frantisek anda num pequeno trecho da aleia, numa distância de menos de cem metros, de onde enxerga a entrada do Richmond. Vai andar assim a noite inteira, até que todos os outros estejam dormindo, vai andar essas cem passadas até o dia seguinte, até o começo do próximo capítulo.

Mas por que ele não senta? Existem bancos em frente ao Richmond!

Ele não pode sentar. O ciúme é como uma dor de dente violenta. Não se pode fazer nada quando se está com ciúme. Nem mesmo sentar. Só ir e vir. De um ponto a outro.

27

Eles seguiam o mesmo caminho que Bertlef e Ruzena, que Olga e Jakub; a escada até o primeiro andar, depois o tapete de pelúcia vermelha até o fim do corredor que terminava na grande porta do apartamento de Bertlef. À direita ficava a porta do quarto de Jakub, à esquerda a porta do quarto que o dr. Skreta emprestava a Klima.

Quando ele abriu a porta e acendeu a luz, notou o rápido olhar inquisidor que Kamila espalhava pelo quarto. Ele sabia que ela procurava vestígios de uma mulher. Ele conhecia aquele olhar. Sabia tudo sobre ela. Sabia que sua amabilidade não era sincera. Sabia que tinha vindo para espioná-lo, sabia que fingia ter vindo para agradá-lo. Sabia que percebia nitidamente seu constrangimento, e que tinha certeza de estar estragando uma aventura amorosa.

— Querido, realmente você não se incomoda que eu tenha vindo? — perguntou.

E ele:

— Como se isso pudesse me incomodar!

— Tive medo de que você se aborrecesse aqui.

— É, sem você eu iria me aborrecer. Foi um prazer ver você me aplaudindo em frente ao palco.

— Você está com ar cansado. A menos que tenha se contrariado.

— Não. Não, não estou contrariado. Apenas cansado.

— Você está triste porque estava sempre entre homens aqui, e isso o deprime. Mas agora você está com uma bonita mulher. Será que eu não sou uma bonita mulher?

— É, você é uma bonita mulher — disse Klima, e eram as primeiras palavras sinceras que ele lhe dizia naquele dia. Kamila era de uma beleza celestial, e Klima sentia uma dor imensa em pensar que essa beleza corria um perigo mortal. Mas essa beleza sorria-lhe e começava a despir-se frente a seus olhos. Olhava seu corpo se desnudar e era como lhe dizer adeus. Os seios, os seus belos seios, puros e intactos, a cintura fina, o ventre de onde a calcinha acabava de escorregar. Ele a observava com nostalgia, como uma lembrança.

Como através de um vidro. Como se olha ao longe. Sua nudez estava tão distante que ele não sentia a menor excitação. E no entanto ele a contemplava com um olhar voraz. Bebia essa nudez como um condenado bebe seu último copo antes da execução. Bebia essa nudez como se bebe um passado perdido e uma vida perdida.

Kamila aproximava-se dele:

— O que é que há? Você não está tirando a roupa? — Não podia fazer outra coisa senão tirar a roupa, e estava terrivelmente triste.

— Não vai pensar que você tem o direito de estar cansado agora que vim encontrá-lo. Quero você.

Ele sabia que não era verdade. Sabia que Kamila não tinha a menor vontade de fazer amor, e que ela se impunha esse comportamento provocante pela única razão de atribuir aquela tristeza ao seu amor por uma outra. Ele sabia (meu Deus! como a conhecia!) que ela queria colocá-lo à prova com esse desafio amoroso, para saber a que ponto o seu espírito estava absorto por uma outra mulher. Sabia que ela queria sofrer com a tristeza dele.

— Estou realmente cansado — disse.

Ela o abraçou, depois levou-o até a cama:

— Você vai ver como vou fazer você esquecer seu cansaço! — E começou a brincar com seu corpo nu.

Ele estava estendido como numa mesa de operação. Sabia que todas as tentativas de sua mulher seriam inúteis. Seu corpo se contraía para dentro, não tinha a faculdade da expansão. Kamila percorria todo o seu corpo com seus lábios úmidos e ele sabia que ela queria sofrer e fazê-lo sofrer, e a detestava. Ele a detestava com toda a intensidade de seu amor: era ela e só ela, com seu ciúme, suas suspeitas, sua desconfiança, ela e só ela com sua visita de hoje que tinha estragado tudo; era por causa dela que o casamento deles estava minado por uma carga depositada no ventre de uma outra, uma carga que iria explodir em sete meses e que varreria tudo. Era ela e só ela, de tanto tremer como uma insensata pelo seu amor, que tinha destruído tudo.

Ela colocou a boca em seu ventre, e ele sentiu seu sexo se contrair sob as carícias, voltar-se para dentro, fugir diante dela, cada vez menor, cada vez mais ansioso. Ele sabia que Kamila media pela recusa do seu corpo a extensão do amor dele por uma outra mulher. Ele sabia que ela se fazia sofrer terrivelmente, e que quanto mais sofria, mais ela o faria sofrer, e mais ela iria se obstinar em tocar com os lábios úmidos seu corpo sem forças.

28

Nunca ele desejara menos uma coisa do que dormir com aquela moça. Desejava alegrá-la e cobri-la com toda a sua bondade, mas essa bondade não tinha nada em comum com o desejo sensual, ou melhor, ela o excluía totalmente, porque queria ser pura, desinteressada, desligada de todo prazer.

Mas que ele podia ele fazer agora? Deveria rejeitar Olga para não comprometer sua bondade? Isso era impossível. Sua recusa iria magoar Olga e marcá-la por muito tempo. Ele compreendia que o cálice da bondade deveria ser bebido até o fundo.

De repente ela ficou nua diante dele, e ele pensava que seu rosto era nobre e doce. Mas era uma pobre consolação quando olhava o rosto num só relance junto com o corpo, que parecia um caule longo e fino em cuja extremidade estava plantada, exageradamente grande, uma flor cabeluda.

Mas, bela ou não, Jakub sabia que não tinha mais meios de escapar. Aliás, ele sentia que seu corpo (esse corpo servil) estava mais uma vez disposto a levantar sua dócil lança. No entanto, sua excitação parecia se produzir em um outro, longe, fora de sua alma, como se estivesse excitado mas sem participar dessa excitação, e que secretamente a desdenhasse. Sua alma estava longe de seu corpo, obcecada pela ideia do veneno na bolsa da desconhecida. No máximo, observava com pena o corpo que, cega e implacavelmente, corria atrás de seus interesses fúteis.

Uma fugaz lembrança passou-lhe pela cabeça: tinha dez anos quando soube como as crianças vêm ao mundo e, depois, essa ideia o perseguiu cada vez mais, mais ainda quando descobriu em detalhe, com o passar dos anos, a matéria concreta dos órgãos femininos. Depois, imaginou frequentemente seu próprio nascimento; ele imaginava seu corpo minúsculo que escorregava pelo estreito túnel úmido, imaginava o nariz e a boca cheios do estranho muco com que estava inteiramente untado e marcado. Sim, o muco feminino o havia marcado por exercer sobre ele, durante toda a sua vida, seu poder misterioso; por ter o direito de chamá-lo para perto a todo momento e de comandar os mecanismos particulares de seu corpo. Tudo isso sempre o repugnara, ele se revoltava contra essa servidão, pelo menos recusando sua alma às mulheres, salvaguardando sua liberdade e sua solidão, restringindo o *poder do muco* a determinadas horas de sua vida. Sim, se ele tinha tanta afeição por Olga, era sem dúvida porque, para ele, ela ficara inteiramente do outro lado dos limites do sexo e por estar certo de que ela jamais lhe faria lembrar, por seu corpo, a maneira vergonhosa de sua vinda ao mundo.

Rejeitou com brutalidade esses pensamentos, porque a situação no divã desenvolvia-se rapidamente e porque teria que, de um momento para outro, penetrar em seu corpo, e não queria fazê-lo com uma ideia de repugnância. Ele dizia a si próprio que essa mulher que se abria para ele era o ser a quem ele oferecia o único amor puro de sua vida, e que ele iria amá-la agora só para fazê-la feliz, para que ela conhecesse a alegria, para que ela ficasse segura de si e contente.

Ele mesmo estava espantado: movia-se sobre ela como se estivesse se balançando sobre as vagas da bondade. Sentia-se feliz, sentia-se bem. Sua alma se identificava humildemente com a atividade de seu corpo, como se o ato do amor não fosse senão a manifestação física de uma ternura benevolente, de um sentimento puro em relação ao próximo. Não havia obstáculo, nem uma nota em falso. Eles se seguravam num abraço apertado e o respirar dos dois se misturava.

Foram belos e longos minutos, depois Olga murmurou-lhe no ouvido uma palavra obscena. Murmurou uma primeira vez, depois ainda uma vez, ela mesma excitada com a palavra.

As vagas da bondade refluíram subitamente e Jakub se reencontrou com a jovem no meio de um deserto.

Não, normalmente não tinha nada contra palavras obscenas quando estava fazendo amor. Elas despertavam nele a sensualidade e a crueldade. Elas tornavam as mulheres agradavelmente estranhas à sua alma, agradavelmente desejáveis ao seu corpo.

Mas a palavra obscena na boca de Olga aniquilou brutalmente toda a doce ilusão. Acordou de um sonho. A nuvem de bondade dissipou-se e subitamente viu Olga em seus braços, exatamente como a vira um instante antes: com a enorme flor da cabeça sobre a qual tremia o magro caule do corpo. Essa criatura tocante com seu jeito provocante de puta, sem deixar de ser tocante, o que dava às palavras obscenas qualquer coisa de cômico e de triste.

Mas Jakub sabia que não podia deixar transparecer nada, que precisava se dominar, que deveria beber e beber ainda o amargo cálice da bondade, porque esse abraço absurdo era sua única boa ação, sua única redenção (não deixara de pensar um minuto no veneno na bolsa da outra), sua única salvação.

29

Como uma grande pérola na concha dupla de um molusco, o luxuoso apartamento de Bertlef estava cercado dos dois lados pelos quartos menos luxuosos onde ficavam Jakub e Klima. Mas nos dois quartos vizinhos o silêncio e a calma reinavam havia muito tempo, quando Ruzena, nos braços de Bertlef, deu seus últimos suspiros de volúpia.

Então ela ficou tranquilamente espichada a seu lado, e ele acariciava-lhe o rosto. Depois de um momento ela rompeu em soluços. Chorou por muito tempo e enfiou a cabeça em seu peito.

Bertlef a acariciava como a uma menina e ela se sentia realmente muito pequena. Pequena como nunca (nunca ela tinha se escondido assim no colo de alguém), mas também grande como nunca (nunca tinha sentido tanto prazer como hoje). E seu choro a transportava, com movimentos ritmados, para sensações de bem-estar que eram até o momento igualmente desconhecidas.

Onde estava Klima neste momento e onde estava Frantisek? Em algum lugar nas brumas distantes, silhuetas que se distanciavam no horizonte, leves como uma pluma. Onde estava o desejo obstinado de Ruzena de apossar-se de um e desvencilhar-se do outro? O que foi feito de suas raivas convulsivas, de seu silêncio ofendido, em que ela se prendera desde de manhã como numa couraça?

Ela estava estendida, soluçava e ele lhe acariciava o rosto. Ele lhe dizia para dormir, que tinha o quarto ao lado. E Ruzena abria os olhos para olhá-lo. Bertlef estava nu, foi ao banheiro (ouve-se a água correndo), depois voltou, abriu o

191

armário, tirou uma coberta e colocou-a delicadamente sobre o corpo de Ruzena.

Ruzena via as veias cheias de varizes de seus calcanhares. Quando ele se inclinou, ela notou que seus cabelos anelados estavam grisalhos e ralos e que deixavam transparecer a pele. É, Bertlef é sexagenário, tem até um pouco de barriga, mas para Ruzena isto não conta. Ao contrário, a idade de Bertlef a tranquilizava, projetava uma luz radiosa sobre sua própria juventude, ainda pálida e inexpressiva, e ela se sentia cheia de vida e enfim apenas no começo da estrada. E eis que ela descobre, em sua presença, que será jovem ainda muito tempo, que não precisa se apressar e que não tem nada a temer do tempo. Bertlef acaba de sentar-se ao lado dela, acaricia-a e ela tem a impressão de encontrar refúgio, mais do que no contato reconfortante de seus dedos, no abraço tranquilizador de seus anos.

Depois ela vai perdendo a consciência, em sua cabeça passam as visões confusas da primeira aproximação do sono. Ela acorda e todo o quarto lhe parece inundado de uma estranha luz azul. O que será esse brilho único que ela jamais vira antes? Será a lua que desceu até ali envolta num véu azul? Ou será que Ruzena sonha de olhos abertos?

Bertlef sorria para ela sem parar de acariciar-lhe o rosto.

E agora ela fecha os olhos definitivamente, transportada pelo sono.

QUINTO DIA

1

Ainda era noite quando Klima acordou depois de um leve sono. Queria encontrar Ruzena antes que ela fosse para o trabalho. Mas como explicar para Kamila que ele precisava dar uma saída antes do amanhecer?

Olhou o relógio: eram cinco horas da manhã. Se não quisesse perder Ruzena, tinha que se levantar imediatamente, mas não encontrava desculpa. Seu coração batia muito forte, mas o que fazer? Levantou-se e começou a se vestir devagar, com medo de acordar Kamila. Estava abotoando o casaco quando ouviu sua voz. Era uma pequena voz aguda que vinha do meio-sono.

— Aonde é que você vai?

Ele se aproximou da cama, beijou-a delicadamente na boca:

— Dorme, volto daqui a pouco.

— Vou com você — disse Kamila, mas tornou a dormir logo depois.

Klima saiu rapidamente.

2

Será possível? Estaria ele ainda indo e vindo?

Estava. Mas de repente parou. Enxergou Klima na porta do Richmond. Escondeu-se e começou a segui-lo discretamente até o pavilhão Karl Marx. Passou em frente à guarita (o porteiro ainda estava dormindo) e parou no canto do corredor onde ficava o quarto de Ruzena. Via o trompetista batendo na porta da enfermeira. Ninguém a abriu. Klima bateu ainda muitas vezes, depois deu meia-volta e foi embora.

Frantisek saiu correndo atrás dele. Viu-o voltar pela rua comprida em direção às termas onde Ruzena iria começar seu trabalho dentro de meia hora. Voltou andando para o pavilhão Karl Marx, bateu na porta de Ruzena e disse em voz baixa mas distintamente, pelo buraco da fechadura:

— Sou eu! Frantisek! Você não tem nada a temer de mim! Para mim você pode abrir!

Ninguém lhe respondeu.

Quando voltou, o porteiro acabava de se levantar.

— Ruzena está em casa? — perguntou-lhe Frantisek

— Ela não voltou desde ontem à noite.

Frantisek saiu para a rua. De longe viu Klima entrando no prédio das termas.

3

Ruzena acordava regularmente às cinco e meia. Naquele dia, depois de ter adormecido tão agradavelmente, ela não dormiu muito tempo mais. Levantou-se, vestiu-se e entrou na ponta dos pés no pequeno quarto ao lado.

Bertlef estava deitado de lado, respirava profundamente e seus cabelos, sempre tão cuidadosamente penteados durante o dia, estavam arrepiados e deixavam ver a pele do crânio. No sono, seu rosto parecia mais cinzento e velho. Os vidros de remédio, que lembravam a Ruzena o hospital, estavam dispostos na mesa de cabeceira. Mas nada disso a perturbava. Ela o olhava e tinha lágrimas nos olhos. Nunca tinha vivido uma noite mais bela do que a da véspera. Sentia um estranho desejo de ajoelhar-se diante dele. Não o fez, mas inclinou-se e beijou-o delicadamente na testa.

Saindo, ao aproximar-se das termas, viu Frantisek vindo em sua direção.

Ainda na véspera, este encontro a teria perturbado. Se bem que estivesse apaixonada pelo trompetista, Frantisek contava muito para ela. Formava com Klima um par inseparável. Um encarnava a banalidade, o outro o sonho; um a queria, o outro não a queria; de um ela queria fugir, o outro ela desejava. Cada um desses dois homens determinava o sentido da existência do outro. Quando decidiu que estava grávida de Klima, nem por isso havia afastado Frantisek de sua vida; ao contrário, foi Frantisek que a impeliu a essa decisão. Ficava entre esses dois homens como entre os dois polos de sua vida. Eles eram o norte e o sul de seu planeta e ela não conhecia nenhum outro.

Mas nessa manhã, ela de repente descobriu que não era este o único planeta habitável. Compreendeu que se podia viver sem Klima e sem Frantisek; que não havia nenhuma razão para se apressar; que havia bastante tempo; que ela poderia se deixar levar por um homem sensato e maduro para longe deste território enfeitiçado onde se envelhece tão rápido.

— Onde é que você passou a noite? — perguntou Frantisek.

— Você não tem nada com isso.

— Estive na sua casa. Você não estava no seu quarto.

— Você não tem nada com isso, não tem nada que saber onde passei a noite — disse Ruzena, e sem se deter atravessou a porta das termas. — E não venha mais me ver. Eu proíbo que o faça.

Frantisek continuou plantado em frente às termas e, como tinha dor nos pés por ter passado a noite andando, sentou-se num banco de onde podia tomar conta da entrada.

Ruzena subiu a escada correndo e entrou no primeiro andar, numa espaçosa sala de espera onde, ao longo das paredes, estavam colocados bancos e cadeiras destinados aos doentes. Klima estava sentado em frente à porta do lugar onde ela trabalhava.

— Ruzena — disse ele levantando-se, e a olhava com olhos desesperados. — Eu suplico. Imploro! Seja razoável! Eu vou com você!

Sua angústia estava nua, desprovida de toda a demagogia sentimental pela qual fizera tantos esforços nos dias precedentes.

Ruzena disse-lhe:

— Você quer se ver livre de mim.

Ele teve medo:

— Não quero me ver livre de você, pelo contrário. Faço tudo isso para que possamos ficar ainda mais felizes juntos.

— Não minta — disse Ruzena.

— Ruzena, eu imploro! Vai ser uma desgraça se você não for!

— Por que você acha que não irei? Ainda temos três horas. São só seis horas. Você pode voltar tranquilamente para a cama com sua mulher.

Ela fechou a porta atrás de si, enfiou a roupa branca e disse à mulher de quarenta anos:

— Por favor, preciso sair às nove horas. Você pode me substituir por uma hora?

— Então, você afinal se deixou convencer — disse sua colega em tom de reprovação.

— Não. Eu me apaixonei — disse Ruzena.

4

Jakub aproximou-se da janela e a abriu. Pensava no comprimido azul-claro e não podia acreditar realmente que na véspera o tinha dado àquela mulher desconhecida. Olhava o azul do céu e aspirava o ar fresco da manhã de outono. O mundo que via pela janela era normal, tranquilo, natural. O episódio da véspera com a enfermeira parecia-lhe, de repente, absurdo e irreal.

Pegou o telefone e discou o número das termas. Pediu para falar com a enfermeira Ruzena no setor feminino. Esperou muito tempo, depois ouviu uma voz de mulher. Ele repetiu que queria falar com a enfermeira Ruzena. A voz respondeu que a enfermeira Ruzena naquele momento estava na piscina e não podia atender. Ele agradeceu e desligou.

Sentiu um alívio imenso: a enfermeira estava viva. Os comprimidos do frasco eram receitados para três vezes ao dia, ela sem dúvida tomara um à noite e um outro de manhã, e tinha portanto engolido, havia muito tempo, o comprimido de Jakub. Subitamente, tudo lhe parecia inteiramente claro: o comprimido azul-claro que ele levava num bolso como garantia de sua liberdade era uma impostura. Seu amigo lhe dera o comprimido da ilusão.

Meu Deus, como ele não pensara nisso antes? Lembrou-se uma vez mais do dia distante em que pedira veneno a seus amigos. Estava saindo da prisão, e compreendia agora, com o passar de longos anos, que todas aquelas pessoas sem dúvida não viam em seu pedido senão um gesto teatral destinado sobretudo a chamar a atenção sobre os sofrimentos que ele passara. Mas Skreta, sem hesitar, tinha-lhe prometido o que ele pedira, e alguns dias mais tarde trouxera um comprimido azul-claro e brilhante. Por que ele iria hesitar, e por que tentaria dissuadi-lo? Ele comportou-se mais habilmente do que os outros. Ele lhe dera a ilusão inofensiva da calma e da certeza, e além disso fizera um amigo para sempre.

Como isso não lhe ocorrera ainda? Tinha achado um pouco estranho, naquele tempo, que Skreta lhe desse um comprimido com um aspecto de um comprimido banal de fabricação industrial. Mesmo sabendo que Skreta, na qualidade de bioquímico, tinha acesso a venenos, não compreendia como ele poderia dispor de aparelhos industriais de prensar comprimidos. Mas não tinha se perguntado nada. Ainda que duvidasse de todas as coisas, acreditava no seu comprimido como se acredita no Evangelho.

Agora, nesses instantes de imenso alívio, estava evidentemente reconhecido a seu amigo pela impostura. Estava feliz que a enfermeira estivesse viva, e que toda essa aventura absurda não passasse de um pesadelo, de um sonho mau. Mas aqui na terra nada dura muito tempo, e atrás das ondas de alívio que diminuíam, elevava-se a voz frágil da preocupação.

Como era grotesco! O comprimido que levava no bolso dava a cada um de seus passos uma solenidade teatral, e permitia-lhe fazer de sua vida um mito grandioso! Estava convencido de levar consigo a morte num pedaço de papel de seda e na verdade era apenas o riso doce de Skreta.

Jakub sabia que seu amigo tivera razão, afinal de contas, mas não podia deixar de pensar que o Skreta que ele tanto amava tornara-se, de uma só vez, um médico comum, como milhares de outros. Por ter-lhe dado o veneno sem hesitar, como uma coisa banal, distinguia-se radicalmente das pessoas que Jakub conhecia. Havia em seu comportamento alguma coisa de irreal. Ele não agia como as pessoas agem com os outros. Não se perguntara absolutamente se Jakub não abusaria do veneno numa crise de histeria ou de depressão. Ele o tratava como um homem que era totalmente dono de si e que não tem fraquezas humanas. Eles se comportavam um com o outro como dois deuses que estariam obrigados a viver entre os humanos — e isso é que era belo. Inesquecível. E, de repente, terminara.

Jakub olhava o azul do céu e se dizia: Ele me trouxe hoje o alívio e a paz. E, ao mesmo tempo, me despojou dele mesmo; ele me roubou o meu Skreta.

5

O consentimento de Ruzena atingia Klima com um doce estupor, mas o atrativo da maior recompensa não poderia tirá-lo da sala de espera. O desaparecimento inexplicável de Ruzena na véspera tinha ficado gravado de maneira ameaçadora em sua memória. Estava resolvido a esperar ali pacientemente, para que ninguém a dissuadisse, levasse ou raptasse.

As curistas começavam a chegar, abriam a porta por onde Ruzena desaparecera, algumas ficavam lá, outras voltavam para o corredor e sentavam nas poltronas ao longo das paredes, e todas examinavam Klima com curiosidade, pois não tinham o hábito de ver homens na sala de espera do setor das mulheres.

Em seguida uma mulher gorda de blusa branca entrou e olhou longamente para Klima; depois aproximou-se dele e perguntou se esperava Ruzena. Ele ficou vermelho e aquiesceu.

— Não adianta esperar. Vai demorar até as nove horas — disse ela com uma familiaridade irritante, e Klima teve a impressão de que todas as mulheres presentes na sala ouviam e sabiam do que se tratava.

Eram quase quinze para as nove quando Ruzena tornou a aparecer com roupa comum. Ele cortou-lhe o caminho e saíram em silêncio das termas. Estavam os dois mergulhados em seus pensamentos e não repararam que Frantisek os seguia, escondido pelos arbustos do jardim público.

6

Jakub não tinha outra alternativa a não ser deixar Olga e Skreta, mas antes ainda queria passear sozinho por um momento (pela última vez) no jardim público, e contemplar com nostalgia as árvores que parecem chamas.

No momento em que saiu no corredor, uma moça fechava a porta do quarto em frente, e sua silhueta alta cativou seu olhar. Quando ela se virou, ele ficou atônito com sua beleza.

Dirigiu-lhe a palavra:

— Você é amiga do doutor Skreta?

A mulher sorriu amavelmente:

— Como é que você sabe?

— Você saiu do quarto que o doutor Skreta reserva para seus amigos — disse Jakub se apresentando.

— Encantada. Sou a senhora Klima. O doutor hospeda meu marido. Estou procurando por ele. Deve estar com o doutor. Sabe onde posso encontrá-lo?

Jakub contemplava a moça com um prazer insaciável e veio-lhe ao espírito (mais uma vez!) que era o último dia que passava ali, e que o menor acontecimento adquiria por esse fato um significado especial e tornava-se uma mensagem simbólica.

Mas o que deveria significar para ele essa mensagem?

— Posso acompanhá-la até o doutor Skreta — disse ele.

— Ficarei reconhecida — ela respondeu.

É, o que deveria significar para ele essa mensagem?

Primeiro, era apenas uma mensagem e nada mais. Dentro de duas horas Jakub iria embora e dessa bela criatura não ficaria nada. Essa mulher tinha aparecido diante dele como uma denegação. Se a tinha encontrado, era apenas para que soubesse que ela não poderia ser dele. Ele a tinha encontrado como uma imagem de tudo aquilo que sua partida o fazia perder.

— É extraordinário — disse ele. — Hoje, sem dúvida irei falar com o doutor Skreta pela última vez em minha vida.

Mas a mensagem que essa mulher lhe trazia dizia ainda alguma coisa a mais. Tinha vindo para anunciar-lhe, bem no último minuto, a beleza. Sim, a beleza, e Jakub compreendeu, quase com temor, que ele não conhecia quase nada da beleza, que ficara sem vê-la e que nunca tinha vivido para ela. A beleza dessa mulher o fascinava. Tinha, de repente, o sentimento de que em todos os seus cálculos, desde o começo, sempre existira um erro. Porque havia um elemento que ele esquecera de levar em conta. Parecia que, se tivesse conhecido essa mulher, sua decisão teria sido diferente.

— Por que é que vai falar com ele pela última vez?
— Estou partindo para o exterior. E por muito tempo.

Não que não tivesse tido belas mulheres, mas o encanto delas sempre fora para ele uma coisa acessória. O que o atraía para as mulheres era um desejo de vingança, era a tristeza e a insatisfação, ou era a compaixão e a piedade; para ele, o universo feminino confundia-se com o drama amargo de que participava neste país, em que era perseguidor e perseguido e onde vivia muitos combates e nenhum idílio. Mas essa mulher tinha surgido diante dele de improviso, desligada de tudo isso, desligada de sua vida, ela tinha vindo de fora, tinha surgido para ele, aparecera não apenas como uma bela mulher, mas como a própria beleza, e tinha-lhe anunciado que se podia viver ali de outra maneira, e para alguma outra coisa. Ela lhe anunciava que a beleza é mais que a justiça, que a beleza é mais que a verdade, que ela é mais real, mais indiscutível e também mais acessível; que a beleza está acima de todas as coisas e que ela estava, nesse instante, definitivamente perdida para ele. Essa bela mulher viera se mostrar a ele para que ele não pensasse que conhecera tudo, e que vivera sua vida ali esgotando todas as possibilidades.

— Eu o invejo — disse ela.

Andavam juntos pelo jardim público, o céu estava azul, os arbustos do parque estavam amarelos e vermelhos e Jakub repetia para si mesmo que a folhagem era a imagem do fogo onde ardiam todas as aventuras, todas as lembranças, todas as oportunidades de seu passado.

— Não tem do que me invejar. Tenho a impressão, neste momento, de que não deveria ir embora.
— Por quê? Está gostando daqui no último momento?
— É você que me agrada. Você me agrada terrivelmente. Você é infinitamente bela.

Disse isso sem saber como, depois pensou que tinha direito de lhe dizer tudo porque iria partir dentro de algumas horas e que suas palavras não teriam consequências nem para ele nem para ela. Essa liberdade repentina deixou-o embriagado.

— Vivi como um cego. Um cego. Hoje, pela primeira vez, compreendi que a beleza existe. E que apenas passei por ela.

Ela se confundia com a música e os quadros, com esse reinado onde ele jamais pusera os pés; ela se confundia com as árvores multicores ao redor, e subitamente ele não enxergava mais nela mensagens ou significados (a imagem de um incêndio ou de uma incineração), nada além do êxtase da beleza misteriosamente revelada ao contato dos passos dessa mulher, ao contato de sua voz.

— Gostaria de fazer qualquer coisa para segurá-la junto a mim. Gostaria de abandonar tudo e viver de maneira diferente toda a minha vida, somente para você e por sua causa. Mas não posso porque, neste momento, na realidade não estou aqui. Deveria ter partido ontem e hoje sou aqui somente minha sombra em atraso.

Ah, sim! Ele acabava de compreender por que lhe fora concedido encontrá-la. Esse encontro ocorrera fora de sua vida, em algum lugar na face escondida de seu destino, no reverso de sua biografia. Mas ele falava com ela cada vez com mais liberdade, até o momento em que sentiu subitamente que de qualquer maneira não seria capaz de dizer a ela tudo o que gostaria.

Ele tocou-lhe o braço:

— É aqui o consultório do doutor Skreta. No primeiro andar.

A senhora Klima olhava-o longamente e Jakub mergulhava os olhos em seu olhar úmido e terno como as distâncias. Tocou-lhe o braço ainda uma vez; fez meia-volta e se afastou.

Um pouco adiante se virou e viu que ela ainda estava no mesmo lugar, seguindo-o com os olhos. Ele se virou várias vezes; ela continuava olhando para ele.

7

Umas vinte mulheres inquietas estavam sentadas na sala de espera; Ruzena e Klima não acharam cadeiras. Em frente a eles, na parede, estavam pregados grandes cartazes com imagens e dizeres com a intenção de dissuadir as mulheres de abortarem.

"Mamãe, por que você não me quer?" podia-se ler em grandes letras sobre um cartaz que mostrava uma criança sorridente sobre uma colcha; acima da criança, estava impresso em letras gordas um poema no qual um embrião implorava à sua mamãe para não fazer uma curetagem, prometendo recompensá-la com milhares de alegrias: "Nos braços de quem você quer morrer, mamãe, se você não me deixa viver?".

Em outros cartazes havia grandes fotografias de mães sorridentes, segurando a barra de um carrinho de criança, e fotografias de garotinhos fazendo xixi. (Klima pensou que um garotinho fazendo xixi é um argumento irrecusável em favor do nascimento de uma criança. Lembrou-se de ter visto um dia, no jornal de um cinema, um garotinho fazendo xixi, e que todo o cinema estremeceu com felizes suspiros femininos.)

Depois de esperar um minuto, Klima bateu na porta; uma enfermeira saiu e Klima disse o nome do dr. Skreta. Este apareceu num minuto, estendeu um formulário para Klima, pediu-lhe que o preenchesse e esperasse com paciência.

Klima apoiou o formulário de encontro à parede e começou a preencher as diferentes rubricas: nome, data de nascimento, lugar de nascimento. Ruzena murmurava-lhe as respostas. Depois, onde estava a rubrica *nome do pai*, hesitou. Achou horrível ver escrito em preto e branco esse título infamante e colocar seu nome ali.

Ruzena olhava a mão de Klima e percebeu que ele tremia. Isso lhe deu prazer:

— Vamos, escreva! — disse ela.

— Que nome escrevo? — sussurrou-lhe Klima.

Ela o achava fraco e covarde e o desprezava. Ele tinha medo de tudo, tinha medo das responsabilidades e medo de sua própria assinatura num formulário oficial.

— Afinal! Parece que sabemos quem é o pai! — disse ela.

— Pensei que isso não tivesse importância — disse Klima. Ela não ligava mais para ele, mas em seu íntimo estava persuadida de que aquele tipo fraco era culpado em relação a ela: alegrava-se em puni-lo.

— Se você quer mentir, duvido que nos entendamos.

Quando ele escreveu seu nome no espaço, ela acrescentou com um suspiro.

De qualquer maneira, não sei ainda o que vou fazer...

— Como?

Ela olhou seu rosto assustado.

— Até a curetagem posso mudar de ideia.

8

Ela estava sentada numa poltrona, as pernas estendidas sobre a mesa, e lia o romance policial que comprara para os dias mornos da estação de águas. Mas lia sem se concentrar, porque as situações e os problemas da noite anterior voltavam sem parar a seu espírito. Tudo o que tinha acontecido naquela noite lhe agradava, e, sobretudo, estava contente consigo mesma. Ela era afinal tudo o que sempre desejara ser; não era mais a vítima das intenções masculinas, mas era, ela mesma, autora de sua aventura. Tinha rejeitado definitivamente o papel de pupila inocente que Jakub tinha lhe feito representar; ao contrário, tinha modificado, segundo seu desejo, esse papel.

Achava-se elegante, independente e audaciosa. Olhava suas pernas, que tinha colocado em cima da mesa, cobertas por um jeans branco justo, e quando bateram na porta gritou alegremente:

— Entre, estou esperando você!

Jakub entrou, tinha um ar aflito.

— Olá! — disse ela, e deixou ainda um momento as pernas na mesa. Pareceu-lhe que Jakub tinha um ar perplexo, e gostou disso. Depois chegou perto dele e beijou-lhe o rosto.

— Você vai ficar um pouco?

— Não — disse Jakub com uma voz triste. — Dessa vez venho dizer adeus para sempre. Parto daqui a pouco. Achei que podia acompanhá-la uma última vez aos banhos.

— Isso mesmo — disse Olga, alegremente. — Vamos passear.

9

Jakub estava transbordando com a imagem da bela senhora Klima e precisou superar uma espécie de aversão para poder vir dizer adeus a Olga, que não tinha lhe deixado na alma, desde a véspera, senão constrangimento e mácula. Mas por nada no mundo permitiria que ela percebesse. Havia proposto a si mesmo comportar-se com um tato excepcional para que ela não desconfiasse a que ponto o contato entre ambos tinha lhe dado pouco prazer e pouca alegria; para que guardasse dele a melhor lembrança. Assumia um ar grave, falava com um tom melancólico frases insignificantes, tocava-lhe vagamente a mão, acariciava-lhe de vez em quando os cabelos e, quando ela o olhava nos olhos, esforçava-se por parecer triste.

No caminho, ela sugeriu que fossem ainda beber um copo de vinho, mas Jakub queria abreviar o mais possível esse seu último encontro que era penoso para ele.

— Fazem muito mal as despedidas. Não quero prolongá-las — disse ele. Em frente à entrada das termas, tomou-lhe as duas mãos e olhou-a longamente nos olhos.

Olga disse:

— Jakub, você foi extremamente amável em ter vindo. Ontem passei uma noite maravilhosa. Fiquei contente que você finalmente tivesse desistido de bancar o papai e que tenha se transformado em Jakub. Foi muito bom ontem, não foi?

Jakub compreendeu que não compreendia nada. Essa moça delicada teria visto na noitada amorosa da véspera apenas um simples divertimento? Teria ela sido atraída por ele por uma sexualidade isenta de todos os sentimentos? A lembrança agradável de uma única noite de amor pesaria mais para ela do que a tristeza de uma separação definitiva?

Ele deu-lhe um beijo. Ela desejou-lhe boa viagem e desapareceu no grande portal.

10

Ele ia e vinha havia duas horas em frente ao prédio da policlínica e começava a perder a paciência. Recriminou-se, repetindo para si mesmo que não deveria fazer um escândalo, mas sentia que dentro em pouco não teria mais força para se controlar.

Entrou no prédio. A estação de águas não era grande, todo mundo o conhecia. Perguntou ao porteiro se tinha visto Ruzena entrar. O porteiro aquiesceu e disse que a tinha visto tomar o elevador. Como o elevador só parava no terceiro andar, e pegava-se a escada para ir aos andares inferiores, Frantisek podia limitar suas desconfianças aos dois corredores do andar superior do prédio. De um lado havia os escritórios; no outro corredor, o serviço de ginecologia. Entrou no primeiro corredor (estava deserto), depois se dirigiu para o segundo com a sensação desagradável de que a entrada era proibida aos homens. Viu uma enfermeira que conhecia de vista. Interrogou-a sobre Ruzena. Ela mostrou uma porta no corredor. A porta estava aberta, algumas mulheres e alguns homens esperavam de pé na entrada. Frantisek entrou na sala de espera, viu outras mulheres sentadas, mas nem Ruzena nem o trompetista estavam ali.

— Você não viu uma moça, uma loira?

Uma senhora mostrou a porta do consultório:

— Eles entraram.

Frantisek levantou os olhos para os cartazes: *Mamãe, por que você não quer saber de mim?*

Em outros via a fotografia de garotinhos urinando e de bebês. Começava a compreender do que se tratava.

11

Na sala havia uma longa mesa. Klima se sentou ao lado de Ruzena, e em frente a eles pontificava o dr. Skreta, ladeado por duas senhoras opulentas.

O dr. Skreta levantou os olhos sobre os requerentes e sacudiu a cabeça com repugnância:

— Me sinto mal só de olhar para vocês. Vocês sabem o trabalho todo que temos aqui para proporcionar a fecundidade a infelizes que não podem ter filhos? E agora dois jovens como vocês, com boa saúde, com bom aspecto, querem se livrar, pela simples vontade, do mais precioso presente que a vida pode nos oferecer. Quero adverti-los categoricamente de que esta comissão não está aqui para encorajar os abortos, mas sim para regulamentá-los.

As duas mulheres emitiram um grunhido aprovador e o dr. Skreta continuou sua lição de moral dirigida aos dois requerentes. O coração de Klima batia com muita força. Se ele adivinhava que as palavras do doutor não eram endereçadas a ele, mas sim às duas assessoras que odiavam com todo o vigor de seus ventres maternais as jovens mulheres que se recusavam a procriar, ele no entanto duvidava de que Ruzena não se deixasse abalar por esse discurso. Não lhe tinha dito um momento antes que não sabia ainda o que iria fazer?

— Por que você quer viver? — recomeçou o dr. Skreta. — A vida sem filhos é como uma árvore sem folhas. Se eu mandasse aqui, proibiria os abortos. Não os aflige saber que a população diminui a cada ano? E isso aqui, em nosso país, onde a mãe e a criança têm mais proteção do que em qualquer outro lugar do mundo! Aqui, onde ninguém precisa temer pelo futuro?!

As duas mulheres novamente emitiram um grunhido de aprovação e o dr. Skreta continuou:

— O camarada é casado e tem medo de assumir todas as consequências de uma relação sexual irresponsável. Só que deveria ter pensado nisso antes, camarada!

O dr. Skreta fez uma pausa, depois dirigiu-se novamente a Klima.

— Você não tem filhos. Você não poderia realmente divorciar-se em nome do futuro desse feto?

— Impossível — disse Klima.

— Eu sei — suspirou o dr. Skreta. — Recebi o informe do psiquiatra da senhora Klima me avisando que ela tem tendências suicidas. O nascimento da criança poria sua vida em risco, destruiria um lar, e a enfermeira Ruzena seria uma mãe solteira. O que podemos fazer? — disse ele com outro suspiro, e empurrou o formulário para as duas mulheres, que por sua vez suspiraram e colocaram suas assinaturas no lugar adequado.

— Volte aqui na próxima segunda-feira às oito horas da manhã para a intervenção — disse o dr. Skreta a Ruzena, e fez-lhe sinal para retirar-se.

— Mas o senhor fique aqui! — disse uma das mulheres gordas a Klima.

Ruzena saiu e a mulher recomeçou:

— Uma interrupção de gravidez não é uma intervenção tão inócua quanto se pensa. A ela segue-se uma grande hemorragia. Pela sua irresponsabilidade, você vai fazer a camarada perder sangue e é mais do que justo que você dê o seu.

Colocou um formulário na frente de Klima e disse-lhe:

— Assine aqui.

Klima, confuso, assinou docilmente.

— É um formulário de adesão à associação beneficente para a doação de sangue. Entre na sala ao lado, a enfermeira vai tirar seu sangue agora.

12

Ruzena atravessou a sala de espera de olhos baixos e só viu Frantisek quando ele falou com ela no corredor.

— De onde você vem?

Ela teve medo de sua expressão furiosa e apressou o passo.

— Estou perguntando de onde você vem.

— Não é da sua conta.

— Já sei de onde você vem.

— Então, não pergunte.

Desciam a escada e Ruzena precipitava-se pelos degraus para fugir de Frantisek e da conversa.

— Era a comissão de abortos — disse Frantisek.

Ruzena ficou calada. Saíram do prédio.

— Era a comissão de abortos. Eu sei. E você quer fazer um aborto.

— Vou fazer o que quiser.

— Você não vai fazer o que quer. Isso também é da minha conta.

Ruzena apressou o passo, quase corria. Frantisek corria atrás dela. Quando chegaram na porta dos banhos, ela disse:

— Proíbo você de me seguir. Vou trabalhar agora. Você não tem o direito de me perturbar no trabalho.

Frantisek estava muito nervoso:

— Eu te proíbo de me dar ordens!

— Você não tem esse direito!

— É você que não tem esse direito!

Ruzena embarafustou-se no edifício seguida de Frantisek.

13

Jakub estava contente que tudo acabara e que agora só tinha uma coisa a fazer: dizer adeus a Skreta. Depois das termas ele tomou lentamente o caminho do jardim público até o pavilhão Karl Marx.

De longe, vinham em sua direção, na grande aleia do jardim público, uma professora e, atrás dela, uns vinte garotos da escola maternal. A professora tinha na mão uma longa corda vermelha que mantinha todas as crianças em fila indiana. As crianças andavam devagar e a professora mostrava-lhes os arbustos e as árvores dizendo o nome de cada uma. Jakub parou porque nunca soube nada de botânica, e esquecia sempre que um bordo chamava-se bordo, e um plátano, plátano.

A professora mostrava uma árvore repolhuda com folhas amareladas:

— É uma tília.

Jakub olhava as crianças. Elas usavam todas um pequeno casaco azul e um boné vermelho, pareciam irmãozinhos. Olhava-as de frente e achava que se pareciam, não por causa das roupas, mas pelas fisionomias. Reparou em sete deles o nariz nitidamente proeminente, e uma grande boca. Pareciam todos com o dr. Skreta.

Lembrou-se do garoto de narigão da hospedaria campestre. O sonho de eugenia do doutor, seria isso um pouco mais do que fantasia? Poderia acontecer realmente que viessem ao mundo neste país crianças cujo pai fosse o grande Skreta?

Jakub achou isso ridículo. Todas aquelas crianças se pareciam porque todas as crianças do mundo se parecem.

Apesar disso, não pôde deixar de pensar: e se Skreta realmente realizasse seu estranho projeto? Por que os projetos estranhos não podem se realizar?

— O que é isso, crianças?

— É uma bétula! — respondeu um pequeno Skreta.

Sim, era o retrato de Skreta; não apenas tinha o nariz comprido, mas usava também pequenos óculos e tinha a voz nasalada que conferia uma comicidade sempre tocante à fala do dr. Skreta.

Muito bem, Oldrich! — disse a professora.

Jakub pensou: em dez, em vinte anos, haverá neste país milhares de Skretas. E mais uma vez ele teve a sensação estranha de ter vivido em seu país sem saber o que acontecia. Tinha vivido, por assim dizer, no coração da ação, tinha vivido os mínimos acontecimentos. Tinha se metido em política, nisso quase tinha perdido a vida, e mesmo quando colocado à margem da política, ela continuava sendo sua principal preocupação. Sempre achava que escutava o coração bater no peito do país. Mas quem sabe o que ele realmente ouvia? Seria realmente um coração? Não seria apenas um velho despertador? Um velho despertador fora de uso, que media um tempo fictício? Todos os combates políticos, não seriam eles fogos-fátuos que o desviavam daquilo que tinha importância?

A professora conduzia as crianças pela grande aleia do jardim público, e Jakub sentia que continuava tomado pela imagem da bela mulher. A lembrança dessa beleza trazia sempre ao seu espírito uma pergunta: e se ele tivesse vivido num mundo inteiramente diferente daquilo que imaginava? E se visse tudo ao contrário? E se a beleza significasse mais do que a verdade? E se fosse realmente um anjo de verdade que tivesse trazido, no outro dia, uma dália para Bertlef?

Ouviu a professora perguntar:

— E isso, o que é?

O pequeno Skreta de óculos respondeu:

— É um bordo.

14

Ruzena subiu a escada apressadamente e esforçou-se para não se virar. Bateu na porta da sala do serviço e entrou logo no vestiário. Enfiou direto, por cima do corpo, sua blusa branca de enfermeira e deu um suspiro de alívio. A cena com Frantisek a perturbara, mas estranhamente também a acalmara. Sentia agora que os dois, Frantisek e Klima, eram estranhos e distantes.

Saiu da cabine e entrou na sala em que as mulheres ficavam deitadas em camas depois dos banhos.

A quarentona estava sentada numa pequena mesa perto da porta.

— Então conseguiu a autorização? — perguntou ela friamente.

— Sim, muito obrigada — disse Ruzena, e estendeu ela mesma uma chave e uma toalha para uma nova paciente.

Assim que a colega saiu, a porta se abriu e surgiu a cabeça de Frantisek.

— Não é verdade que isso só diga respeito a você. Isso diz respeito a nós dois. Eu também tenho uma palavra a dizer.

— Por favor, cai fora! — retrucou ela. — É o departamento das mulheres, os homens não têm nada a fazer aqui. Fora imediatamente, senão mando tirar você daqui.

Frantisek estava com o rosto vermelho, e as palavras ameaçadoras de Ruzena fizeram-no ficar furioso, a tal ponto que avançou pela sala e bateu a porta atrás de si.

— Tanto faz que você mande me expulsar! Tanto faz! — gritou ele.

— Eu já disse, fora! Imediatamente! — disse Ruzena.

— Peguei vocês. Os dois! É esse sujeito! Esse trompetista! Isso tudo não passa de mentiras e tramoias! Ele arranjou tudo para você com o doutor porque deu um concerto com ele ontem! Mas eu estou vendo tudo e vou impedir que matem meu filho! Eu sou o pai! E tenho uma palavra a dizer! Proíbo que mate o meu filho!

Frantisek gritava e as mulheres que estavam deitadas nas camas, cobertas, levantavam as cabeças com curiosidade.

215

Dessa vez Ruzena estava, por sua vez, completamente alterada porque Frantisek urrava e ela não sabia o que fazer para acalmá-lo.

— Não é seu filho — disse ela. — É você que inventa isso. O filho não é seu.

— O quê? — urrou Frantisek, e avançou para dentro da sala para contornar a mesa e aproximar-se de Ruzena.

— Como? Não é filho meu? Estou em condições de saber! Eu sei!

Nesse momento, uma senhora gorda, encharcada, que saía da piscina, dirigiu-se a Ruzena para que ela a cobrisse com uma toalha e a levasse para a cama. Assustou-se ao ver, a alguns metros dela, Frantisek, que a olhava com olhos de quem não vê.

Para Ruzena, era um instante de pausa; ela aproximou-se da mulher, cobriu-a e conduziu-a a uma cama.

— O que esse sujeito está fazendo aqui? — perguntou a senhora virando-se para Frantisek.

— É um louco! Esse sujeito perdeu a cabeça e não sei o que fazer para tirá-lo daqui. Não sei mais o que fazer com esse sujeito! — disse Ruzena enquanto enrolava a senhora com um cobertor.

Uma senhora deitada disse a Frantisek:

— É isso mesmo! O senhor não tem nada a fazer aqui! Vá embora!

— Acho que tenho o que fazer aqui! — retrucou Frantisek, insistindo, sem sair do lugar. Quando Ruzena voltou para perto dele, ele não estava mais rubro, mas sim muito pálido; não gritava mais, mas falava em voz baixa e com um tom resoluto:

— Vou lhe dizer uma coisa. Se você se livrar da criança, também não ficarei vivo. Se você matar essa criança, veja bem, terá duas mortes na consciência.

Ruzena deu um profundo suspiro e olhou para sua mesa.

Lá estava sua bolsa, com o frasco de comprimidos azul-claros. Pegou um na palma da mão e o engoliu.

Frantisek dizia com uma voz que já não gritava mais mas que implorava:

— Suplico, Ruzena. Suplico. Não posso viver sem você. Me mato.

Nesse momento Ruzena sentiu uma dor violenta em suas entranhas, e Frantisek viu seu rosto se tornar irreconhecível, convulsionado pela dor, seus olhos se abrirem enormes, mas sem ver, seu corpo se contorcer, se curvar em dois, suas mãos apertarem seu ventre. Depois a viu cair no chão.

15

Olga patinhava na piscina e de repente ouviu... O que ela ouviu exatamente? Não sabia o que ouvia. A sala estava uma completa confusão. As mulheres ao lado dela saíam da piscina e olhavam para a sala vizinha, que parecia aspirar tudo nas proximidades. Olga também parecia ser atraída pelo fluxo dessa aspiração irresistível e, sem pensar em nada, mas numa ansiosa curiosidade, seguiu os outros.

Na sala vizinha via um monte de mulheres perto da porta. Via as mulheres de costas: estavam nuas e molhadas, e inclinavam-se para o chão com seus traseiros protuberantes. Plantado na frente delas estava um rapaz.

Outras mulheres nuas juntavam-se ao grupo se acotovelando, e Olga, por sua vez, abriu caminho na balbúrdia e constatou que a enfermeira Ruzena estava caída no chão e não se mexia. O rapaz ficou de joelhos e começou a gritar:

— Fui eu que a matei! Fui eu que a matei! Sou um assassino!

As mulheres estavam pingando água. Uma delas inclinou-se sobre o corpo caído de Ruzena para tomar-lhe o pulso. Mas era um gesto inútil, porque a morte estava ali e não deixava dúvidas em ninguém. Os corpos nus e molhados das mulheres se esfregavam impacientemente para ver de perto a morte, para vê-la num rosto familiar.

Frantisek continuava ajoelhado. Apertava Ruzena nos braços e beijava seu rosto.

As mulheres postavam-se em volta dele e Frantisek olhava para elas e repetia:

— Fui eu que a matei! Fui eu! Mandem me prender!

— É preciso fazer alguma coisa! — disse uma mulher, e uma outra saiu pelo corredor correndo e começou a chamar. No fim de um instante, as duas colegas de Ruzena apareceram seguidas por um médico de roupa branca.

Só nesse momento Olga percebeu que estava nua, que se apertava no meio de outras mulheres nuas, de um rapaz e de um médico que não conhecia; esta situação subitamente lhe pareceu ridícula. Mas Olga sabia que isso não a impediria de permanecer ali na balbúrdia e que olhasse a morte que a fascinava.

O médico segurava o punho de Ruzena, caída, procurando em vão sentir-lhe o pulso, e Frantisek não parava de repetir:

— Fui eu que a matei! Chamem a polícia, mandem me prender!

16

Jakub encontrou seu amigo no consultório, no momento em que voltava da policlínica. Cumprimentou-o pela performance da véspera na bateria e se desculpou por não tê-lo esperado depois do concerto.

— Isso me contrariou muito — disse o doutor. — É o último dia seu aqui e Deus sabe onde você passou a noite.

Tínhamos tanta coisa para conversar. E o pior é que você na certa estava com aquela garota magrela. Constato que a gratidão é um mau sentimento.

— Que gratidão? Por que razão lhe seria grato?

— Você me escreveu que o pai dela tinha feito muito por você.

Naquele dia o dr. Skreta não tinha consultas e a mesa ginecológica estava vazia no fundo da sala. Os dois amigos sentaram nas poltronas, um em frente ao outro.

— Não é isso — disse Jakub. — Queria apenas que você tomasse conta dela e pareceu-me mais simples dizer que tinha uma dívida de reconhecimento com seu pai. Mas, na verdade, não é nada disso. Agora que estou pondo um ponto final em tudo, posso lhe contar. Quando fui preso, foi com total concordância do pai dela. Foi ele que me condenou à morte. Seis meses depois viu-se condenado, enquanto eu tive sorte e escapei.

— Em outras palavras, é filha de um mau-caráter — disse o doutor.

Jakub levantou os ombros:

— Ele acreditou que eu fosse um inimigo da revolução. Todo mundo lhe repetia isso e ele se deixou convencer.

— E por que você me disse que ele era seu amigo?

— Nós éramos amigos. Era ainda mais importante para ele votar pela minha prisão. Demonstrava assim que colocava o ideal acima da amizade. Quando me denunciou como traidor da revolução, ele teve o sentimento de fazer calar seu interesse pessoal em nome de alguma coisa sublime, e viveu isso como a grande ação de sua vida.

— Isso é motivo para você gostar dessa moça feia?

— Ela não tem nada a ver com isso. Ela é inocente.

— Inocentes assim existem aos milhares. Se você a escolheu entre tantas outras, é sem dúvida porque ela é filha desse pai.

Jakub levantou os ombros e o doutor continuou:

— Você é tão pervertido quanto ele. Acredito que você também considera sua amizade por essa moça como a melhor ação de sua vida. Você sufocou em si o ódio natural, a aversão natural, para se provar que é generoso. É bonito, mas ao mesmo tempo é contra a natureza e inteiramente inútil.

— Não é verdade — protestou Jakub. — Não quis sufocar nada em mim e não procurei me mostrar generoso. Simplesmente tive pena dela. Desde a primeira vez em que a vi. Era ainda uma criança quando a expulsaram de casa, ela morava com a mãe em algum canto de um lugarejo nas montanhas, as pessoas tinham medo de falar com elas. Durante muito tempo ela não conseguiu autorização para estudar, se bem que seja uma moça dotada. É ignóbil perseguir as crianças por causa dos pais. Você queria que eu também a detestasse por causa do pai? Tive pena dela. Tive pena dela porque seu pai tinha sido executado; tive pena dela porque seu pai tinha condenado um amigo à morte.

Nesse momento o telefone tocou. Skreta tirou do gancho e ouviu um instante. Ele se entristeceu e disse:

— Neste momento estou trabalhando. É realmente preciso que eu vá? — Depois houve um instante de silêncio e Skreta disse: — Bem, muito bem, estou chegando. — Ele desligou e resmungou.

— Se estão chamando, não se incomode por minha causa, de qualquer maneira tenho que ir embora — disse Jakub levantando-se de sua poltrona.

— Não, você não vai embora! Não conversamos nada! E tínhamos de conversar uma coisa hoje, não é? Cortaram o fio de minhas ideias. Tratava-se de uma coisa importante. Estou pensando nisso desde de manhã. Você não lembra o que era?

— Não — disse Jakub.

— Meu Deus, eu tenho que correr para as termas...

— É melhor nos separarmos assim. No meio de uma conversa — disse Jakub, e apertou a mão do amigo.

17

O corpo sem vida de Ruzena repousava numa pequena sala em geral destinada aos médicos do serviço noturno. Muitas pessoas se agitavam ali, o inspetor da polícia criminal já estava lá, acabara de interrogar Frantisek e transcrevia sua declaração. Frantisek expressava mais uma vez o desejo de ser preso.

— Foi você que deu a ela esse comprimido, sim ou não? — perguntou o inspetor.

— Não!

— Então não diga que você a matou.

— Ela sempre me disse que ia se suicidar — disse Frantisek.

— Por que ela dizia a você que ia se suicidar?

— Ela dizia que se suicidaria se eu continuasse a lhe estragar a vida. Dizia que não queria filhos. Que preferia se suicidar a ter um filho.

O dr. Skreta entrou na sala. Saudou amigavelmente o inspetor e aproximou-se da defunta. Levantou-lhe a pálpebra para ver a cor das conjuntivas.

— Doutor, o senhor era o superior hierárquico dessa enfermeira — disse o inspetor.

— Sim.

— O senhor acha que ela poderia utilizar um veneno habitualmente acessível em seu serviço?

Skreta virou-se de novo para o corpo de Ruzena e pediu que lhe explicassem os detalhes de sua morte. Depois disse:

— Isso não me parece nem um medicamento nem uma substância que ela tenha podido conseguir em nossos consultórios. Era sem dúvida um alcaloide. Qual, a autópsia dirá.

— Mas como ela pôde consegui-lo?

— É difícil dizer.

— Até agora tudo isso está bem enigmático — disse o inspetor. — O motivo também. Este rapaz acaba de me confidenciar que ela esperava um filho dele e queria abortar.

— Foi aquele sujeito que a forçou a fazer o aborto — gritou Frantisek.

— Quem? — perguntou o inspetor.

— O trompetista. Queria tirá-la de mim e obrigá-la a abortar meu filho! Eu os segui! Ele estava com ela na comissão.

— Posso confirmar isso — disse o dr. Skreta. — É verdade que examinamos hoje de manhã um pedido de aborto desta enfermeira.

— Esse trompetista estava com ela? — perguntou o inspetor.

— Sim — disse Skreta. — Ruzena o declarou pai de seu filho.

— É mentira! A criança é minha — gritou Frantisek.

— Ninguém duvida — disse o dr. Skreta — mas era preciso que Ruzena declarasse como pai um homem casado para que a comissão autorizasse a interrupção da gravidez.

— Então você sabia que era mentira! — gritou Frantisek para o dr. Skreta.

— Segundo a lei, devemos dar fé às declarações da mulher. Dado que Ruzena nos disse que estava grávida do senhor Klima e que este confirmou suas declarações, ninguém entre nós tinha o direito de supor o contrário.

— Mas você não acreditou que o senhor Klima fosse o pai? — perguntou o inspetor.

— Não.

— E no que se baseia a sua opinião?

— O senhor Klima esteve aqui nesta estação de águas ao todo duas vezes, e por muito pouco tempo. É pouco provável que possa ter havido uma relação sexual entre ele e a nossa enfermeira. Esta estação de águas é uma cidadezinha muito pequena e certamente teriam me contado. A paternidade do senhor Klima era muito provavelmente uma camuflagem criada por Ruzena para que a comissão autorizasse o aborto. Na verdade, esse senhor com certeza não concordaria com um aborto.

Mas Frantisek não ouvia mais o que Skreta dizia. Estava plantado ali e não via nada. Só ouvia as palavras de Ruzena: *Você vai me levar ao suicídio, você vai certamente me levar ao suicídio*, e ele sabia que era a causa de sua morte, mas não compreendia por que e tudo lhe parecia inexplicável. Estava ali como um selvagem confrontando um milagre, estava ali como diante do irreal e subitamente tornou-se surdo e cego porque sua razão não conseguia conceber o incompreensível que tinha se abatido sobre ele.

(Meu pobre Frantisek, você vai passar toda a sua vida sem compreender nada, exceto que seu amor matou a mulher que você amava; você carregará essa certeza como uma marca secreta do horror, você errará como um leproso que leva desgraças inexplicáveis aos seus amados, você errará toda a sua vida como um entregador de infelicidade.)

Ele estava pálido, imóvel como uma estátua de sal e não reparou que um outro homem, muito emocionado, acabava de entrar na sala; o recém-chegado aproximou-se da morta, olhou-a longamente e acariciou-lhe os cabelos.

O dr. Skreta sussurrou:

— Um suicídio. Veneno.

O recém-chegado balançou a cabeça com força:

— Um suicídio? Eu juro sobre minha cabeça que esta

mulher não se suicidou. E se ela ingeriu veneno, só pode ser um assassinato.

O inspetor olhou o recém-chegado com surpresa. Era Bertlef, e seus olhos brilhavam com uma chama de cólera.

18

Jakub virou a chave no contato e o carro partiu. Passou as últimas casas da cidade e se viu diante de uma vasta paisagem. Seguia rumo à fronteira e não tinha pressa. A ideia de que passava por ali pela última vez tornava a paisagem querida e insólita. A todo momento tinha a impressão de que não a conhecia, de que era diferente do que imaginava e que era pena não poder ficar mais tempo ali.

Mas também dizia a si mesmo que qualquer adiamento de sua partida, fosse por um dia ou por muitos anos, não poderia mudar de maneira alguma o que o fazia sofrer agora; ele não conheceria essa paisagem mais intimamente do que hoje. Tinha que aceitar a ideia de deixá-la sem a conhecer, sem ter aproveitado seus encantos, deixá-la ao mesmo tempo como devedor e como credor.

Em seguida, começou a pensar na jovem mulher a quem dera o veneno fictício, colocando-o num frasco de remédio, e dizia a si mesmo que sua carreira como assassino tinha sido a mais breve de todas as suas carreiras.

— Fui um assassino durante aproximadamente dezoito horas — disse a si mesmo, sorrindo.

Mas logo pensou outra coisa. Não é verdade, não fora um assassino por tão pouco tempo. Era um assassino e permaneceria um assassino até morrer. Porque pouco importava que o comprimido azul-claro fosse ou não veneno, o que contava é que ele achava que era, e mesmo assim o dera à desconhecida, sem nada fazer para salvá-la.

E começou a refletir sobre tudo isso com o descaso de um homem que compreendeu que seu ato se situava no nível da pura experiência.

Seu homicídio era estranho. Era um homicídio sem motivo. Não tinha como meta nenhuma vantagem para o homicida. Então, qual era o sentido disso? O único sentido de seu homicídio era evidentemente provar a si mesmo que era assassino.

O homicídio como experiência, ato de conhecimento de si próprio, lembrava-lhe qualquer coisa; sim, era Raskolnikov. Raskolnikov, que matara para saber se o homem tinha direito de matar um ser inferior e se teria forças para suportar o assassinato; esse assassinato levava-o a se questionar sobre si mesmo.

Sim, havia qualquer coisa que o aproximava de Raskolnikov: a inutilidade do homicídio, seu caráter teórico. Mas havia também diferenças: Raskolnikov perguntava-se se o homem de talento tem o direito de sacrificar uma vida inferior em nome do seu próprio interesse. Quando Jakub deu à enfermeira o frasco contendo o veneno, não estava pensando em nada disso. Jakub não questionava se o homem tinha o direito de sacrificar a vida de outra pessoa. Pelo contrário, Jakub sempre tivera a convicção de que o homem não tinha esse direito. Jakub vivia num mundo em que as pessoas sacrificavam a vida dos outros por ideias abstratas. Jakub conhecia bem o rosto dessas pessoas, rostos que às vezes podiam ser, ou insolentemente inocentes, ou tristemente covardes; rostos que, com desculpas, mas cuidadosamente, levavam o próximo a um veredicto do qual conheciam a crueldade. Jakub conhecia bem esses rostos, e ele os detestava. Além disso, Jakub sabia que todo homem deseja a morte de um outro e que só duas coisas o desviam do homicídio: o medo do castigo e a dificuldade física de levar a pessoa à morte. Jakub sabia que se todo homem tivesse a possibilidade de matar secretamente e à distância, a humanidade desapareceria em alguns minutos. Portanto, era preciso concluir que a experiência de Raskolnikov fora totalmente inútil.

Mas por que dera veneno à enfermeira? Não fora um mero acaso? Raskolnikov na verdade planejou e preparou seu crime durante muito tempo, enquanto Jakub agira dominado por um impulso momentâneo. Mas Jakub sabia que inconscientemente ele também se preparara para seu homicídio durante muitos anos, e que o momento em que dera o veneno a Ruzena, esse momento fora a fissura onde se introduziu, como uma alavanca, toda a sua vida passada, todo o seu desgosto pelo homem.

Quando matou a machadadas a velha usurária, Raskolnikov sabia muito bem que transpunha um limiar assustador, que transgredia a lei divina; sabia que a velha, mesmo sem valor, era criatura de Deus. Esse medo que Raskolnikov sentira, Jakub o ignorava. Para ele os seres humanos não eram criaturas divinas. Jakub amava a delicadeza e a grandeza de alma, mas estava convencido de que essas não eram qualidades humanas. Jakub conhecia bem os homens, por isso não os amava. Jakub tinha grandeza de alma, era por isso que lhes dava veneno.

Sou, pois, um assassino por grandeza de alma, pensou, e essa ideia pareceu-lhe ridícula e triste.

Raskolnikov, depois de matar a velha usurária, não teve forças para dominar a imensa tempestade de remorsos. Enquanto Jakub, que estava completamente convencido de que o homem não tem o direito de sacrificar a vida dos outros, não tinha remorsos.

Tentava imaginar que a enfermeira estivesse realmente morta para ver se tinha algum sentimento de culpa. Não, não sentia nada disso. Andava pela estrada com o espírito sereno e em paz através de uma região amena e sorridente que se despedia dele.

Raskolnikov viveu seu crime como uma tragédia e acabou sucumbindo ao peso do seu ato. E Jakub espanta-se que seu ato seja tão leve, que não pese nada, que não o acabrunhe. E se pergunta se essa leveza não é tão terrível quanto os sentimentos histéricos do herói russo.

Rodava lentamente e interrompia suas reflexões para olhar a paisagem. Dizia para si mesmo que todo o episódio do comprimido não passava de um jogo, um jogo sem consequência, como toda a sua vida nesse país onde não deixara nenhum traço, nenhuma raiz, nenhuma marca, e de onde partia agora como se fosse uma brisa, uma bolha de ar.

19

Aliviado de um quarto de litro de sangue, Klima aguardava o dr. Skreta com grande impaciência na sala de espera. Não queria deixar a estação sem se despedir dele e sem pedir que olhasse um pouco por Ruzena. "Até a curetagem posso mudar de ideia." Ainda ouvia as palavras da enfermeira e elas lhe davam medo. Temia que depois de sua partida Ruzena escapasse de sua influência e reconsiderasse sua decisão no último instante.

O dr. Skreta apareceu finalmente. Klima precipitou-se para ele, despediu-se e agradeceu-lhe a bela performance na bateria.

— Foi um grande concerto — disse o dr. Skreta —, você tocou magnificamente. Tomara que possamos repetir! Temos que pensar nos meios de organizar concertos como esse em outras estações de água.

— É. Com todo prazer, fiquei feliz em tocar com você! — disse com interesse o trompetista, e acrescentou: — Gostaria de pedir-lhe ainda um favor. Que dê um pouco de atenção a Ruzena. Tenho medo que ela mude de ideia ainda. As mulheres são tão imprevisíveis.

— Ela não vai mudar de ideia agora, fique sossegado — disse o dr. Skreta. — Ruzena não está mais viva.

Klima ficou um instante sem compreender e o dr. Skreta explicou o que tinha acontecido. Depois disse:

— É um suicídio, mas ainda existe um lado muito misterioso. Certas pessoas poderiam achar estranho que ela tenha posto fim a seus dias uma hora depois de ter-se apresentado com você diante da comissão. Não, não, não, não tema nada — acrescentou, e segurou a mão do trompetista porque viu que ele empalidecera. — Felizmente para você, Ruzena tinha como namorado um mecânico que está convencido de que o filho era dele. Declarei que nunca houve nada entre você e a enfermeira, e que ela simplesmente o convencera a se fazer passar pelo pai da criança porque a comissão não autoriza abortos quando ambos os pais são solteiros. Por isso, se for interrogado, não morda a isca. Você está com os nervos à flor da pele, isto se percebe, e é pena. Precisa se recompor, porque temos ainda pela frente muitos concertos.

Klima perdera o uso da palavra. Muitas vezes inclinou-se em frente ao dr. Skreta, e muitas vezes apertou-lhe a mão. Kamila o esperava no quarto do hotel. Klima tomou-a em seus braços sem dizer uma palavra e beijou-a no rosto. Beijou cada ponto de seu rosto, depois ajoelhou-se e beijou sua roupa de alto a baixo, até os joelhos.

— O que está acontecendo com você?

— Estou tão feliz por ter você. Estou tão feliz que você exista.

Arrumaram as coisas nas malas e foram para o carro. Klima disse que estava cansado e pediu que ela guiasse.

Iam em silêncio. Klima, literalmente exausto, sentia no entanto um grande alívio. Estava ainda um pouco aflito com a ideia de que corria o risco de ser interrogado. Kamila poderia suspeitar de alguma coisa. Mas pensava no que lhe dissera o dr. Skreta. Se o interrogassem, ele representaria o papel de inocente (bastante comum neste país), de homem galante que se faz passar por pai a fim de prestar um serviço. Ninguém poderia ficar com raiva dele, nem mesmo Kamila se por acaso ela viesse a saber.

Ele a olhava. Sua beleza enchia o espaço exíguo do carro como um perfume insistente. Pensava que a única coisa que queria era respirar esse perfume por toda a vida. Depois achou que ouvia a música distante e doce de seu trompete e prometeu a si mesmo tocar essa música por toda a sua vida apenas para o prazer dessa mulher, a única e a mais querida.

20

Cada vez que estava ao volante ela se sentia mais forte e mais independente. Mas dessa vez não era apenas o volante que lhe dava segurança. Eram também as palavras do desconhecido que encontrara no corredor do Richmond. Não podia esquecê-las. E também não podia esquecer seu rosto, tão mais viril que o rosto liso do marido. Kamila pensava que nunca conhecera um homem realmente digno desse nome.

Olhava de viés o rosto cansado do trompetista em que apareciam, a cada momento, sorrisos beatos incompreensíveis, enquanto sua mão acariciava-lhe amorosamente o ombro.

Essa ternura excessiva não lhe dava prazer e não a comovia. Por ser inexplicável, só confirmava uma vez mais que o trompetista tinha seus segredos, uma vida própria que escondia, onde ela não era admitida. Mas agora essa constatação, em vez de fazer-lhe mal, deixava-a indiferente.

O que dissera esse homem? Que partia para sempre. Uma longa e doce nostalgia apertava-lhe o peito. Não apenas a nostalgia desse homem, mas também a da ocasião perdida. E não apenas daquela ocasião, mas também da ocasião como tal. Tinha nostalgia de todas as ocasiões que havia deixado passar, escapar, das quais tinha fugido, mesmo daquelas que jamais tivera.

Aquele homem lhe dissera que tinha vivido toda a sua vida como um cego e que nem mesmo desconfiava que a beleza existia. Ela o compreendia. Porque com ela acontecia o mesmo. Vivia, ela também, na cegueira. Via apenas um ser único, iluminado pelo farol violento do ciúme. E o que aconteceria se esse farol se apagasse bruscamente? Na luz difusa do dia surgiriam outros seres aos milhares, e o homem que até aí ela acreditava ser o único no mundo, se tornaria um entre muitos.

Ela segurava o volante, sentia-se segura de si e bela, dizia-se ainda: será mesmo o amor que me prende a Klima, ou apenas o medo de perdê-lo? E se esse medo fosse a princípio a forma ansiosa do amor, será que com o tempo, o amor (cansado e esgotado) não teria escapado de sua forma? Não teria ficado finalmente apenas esse medo, o medo sem o amor? E o que ficaria se esse medo desaparecesse?

O trompetista, ao lado dela, sorria inexplicavelmente.

Virou-se para ele e pensou que, se deixasse de ser ciumenta, nada restaria. Dirigia a grande velocidade e pensava que, em algum lugar à frente, no caminho da vida, se traçava um risco que significava a ruptura com o trompetista. E pela primeira vez essa ideia não lhe inspirava nem angústia nem medo.

21

Olga entrou no apartamento de Bertlef e desculpou-se:

— Desculpe por irromper na sua casa sem ser anunciada. Mas estou num tal estado que não posso ficar sozinha. Será que não o incomodo?

Na sala estavam Bertlef, o dr. Skreta e o inspetor; foi este que respondeu a Olga:

— Você não está nos incomodando. Nossa conversa não tem nada de oficial.

— O senhor inspetor é um velho amigo meu — explicou o doutor a Olga.

— Por favor, por que ela fez isso? — perguntou Olga.

— Ela teve uma discussão com o namorado, e no meio da briga procurou alguma coisa na bolsa e engoliu o veneno. Não sabemos mais nada e temo que jamais saberemos.

— Senhor inspetor — disse energicamente Bertlef —, peço-lhe que preste atenção naquilo que lhe disse na minha declaração. Passei com Ruzena, aqui mesmo neste lugar, a última noite de sua vida. Eu talvez não tenha insistido sobre o essencial. Foi uma noite maravilhosa e Ruzena estava infinitamente feliz. Essa moça discreta só precisava rejeitar o jugo ao qual estava submetida por seu meio social desagradável e insensível para se tornar um ser humano radioso, cheio de amor, de delicadeza e de grandeza de alma, a criatura que não se podia perceber nela. Afirmo-lhes que, durante nossa noite de ontem, abri-lhe as portas de uma nova vida e que foi justamente ontem que ela começou a ter vontade de viver. Mas depois, alguém se atravessou no caminho... — disse Bertlef, subitamente sonhador, e acrescentou a meia-voz: — Vejo nisso uma intervenção do inferno.

— A polícia criminal não tem alcance sobre os poderes do inferno — disse o inspetor.

Bertlef não rebateu a ironia:

— A hipótese de suicídio não tem realmente nenhum sentido — retomou ele —, compreenda, eu juro! É impossível que ela tenha se matado no exato momento em que poderia começar a viver! Repito-lhe, não admito que ela seja acusada de suicídio.

— Caro senhor — disse o inspetor —, ninguém a acusa

de suicídio pela simples razão de que o suicídio não é um crime. O suicídio não é um problema que concerne à justiça. Não é problema nosso.

— É — disse Bertlef —, para vocês o suicídio não é um erro porque para vocês a vida não tem valor. Mas eu, senhor inspetor, não conheço pecado maior. O suicídio é pior do que o assassinato. Pode-se assassinar por vingança ou por cupidez, mas mesmo a cupidez é a expressão de um amor pervertido pela vida. Mas suicidar-se é jogar sua vida aos pés de Deus, como uma afronta. Suicidar-se é cuspir no rosto do Criador. Digo-lhe que farei tudo para provar que essa moça é inocente. Já que o senhor sustenta que ela pôs fim a seus dias, explique-me: por quê? Que motivo descobriu?

— Os motivos dos suicidas são sempre misteriosos — disse o inspetor. — Além disso, a procura dos motivos não faz parte de minhas atribuições. Não me queira mal por eu me limitar às minhas funções. Elas já são suficientes e mal tenho tempo de cumpri-las. O dossiê evidentemente não está encerrado, mas posso dizer antecipadamente que não encaro a hipótese de homicídio.

— Admiro — disse Bertlef com uma voz extremamente ácida —, admiro a rapidez com que se apressa em traçar um risco sobre a vida de um ser humano.

Olga percebeu que o inspetor estava com o rosto vermelho. Mas ele se controlou e disse, depois de um breve silêncio e com a voz talvez um pouco amável demais:

— Muito bem, admito então sua hipótese, quer dizer, um crime foi cometido. Perguntemos por que meios ele pode ter sido perpetrado. Achamos um frasco de tranquilizantes na bolsa da vítima. Podemos supor que a enfermeira quisesse tomar um comprimido para se acalmar, mas que alguém tenha colocado previamente no seu frasco de remédio um outro comprimido que tivesse o mesmo aspecto e que contivesse veneno.

— O senhor acha que Ruzena apanhou o veneno no seu frasco de tranquilizantes? — perguntou o dr. Skreta.

— É claro que Ruzena pode ter apanhado um veneno colocado na sua bolsa num lugar especial, fora do frasco. É o que teria acontecido no caso de um suicídio. Mas se mantivermos a hipótese de assassinato, temos que admitir que alguém tenha colocado o veneno no frasco de remédios e que este se parecesse, a ponto de ser confundido, com os comprimidos de Ruzena. É a única possibilidade.

— Desculpe-me contradizê-lo — disse o dr. Skreta —, mas não é fácil fabricar, com um alcaloide, um comprimido de aparência normal. Para isso é preciso ter acesso a um laboratório farmacêutico, o que não é possível para ninguém nesta cidade.

— O senhor quer dizer que é impossível para um leigo conseguir tal comprimido?

— Não é impossível, mas é extremamente difícil.

— É suficiente para mim saber que é possível — disse o inspetor, e continuou: — É preciso agora perguntar quem podia ter interesse em matar essa mulher. Ela não era rica, temos portanto de excluir o motivo financeiro. Podemos também excluir os motivos políticos ou a espionagem. Não sobram, portanto, senão os motivos de caráter pessoal. Quem são os suspeitos? Primeiro o amante de Ruzena, que teve uma discussão violenta com ela logo antes de sua morte. Vocês acreditam que tenha sido ele que lhe deu o veneno?

Ninguém respondeu à pergunta do inspetor e ele recomeçou:

— Eu não acho. Esse rapaz gostava de Ruzena. Queria casar com ela. Ela estava grávida dele, e mesmo que a criança fosse de outro, o que conta é que esse rapaz estava convencido de que ela estava grávida dele. Quando soube que ela queria abortar, ficou desesperado. Mas temos que entender, isso é muito importante, que Ruzena voltava da

233

comissão responsável pelas interrupções de gravidez, e não, absolutamente, de um aborto! Para nosso desesperado, nada ainda estava perdido. O feto continuava vivo e o rapaz estava pronto a fazer tudo para preservá-lo. É absurdo achar que ele pudesse lhe dar veneno naquele momento, quando tudo o que desejava era viver com ela e ter um filho dela. Aliás, o doutor nos explicou que não está ao alcance de qualquer um conseguir um veneno que tenha a aparência de um comprimido normal. Onde esse rapaz ingênuo que não tem relações sociais poderia consegui-lo? Vocês podem me explicar?

Bertlef, a quem o inspetor continuava a se dirigir, levantou os ombros.

— Mas passemos aos outros suspeitos. Há esse trompetista da capital. Foi aqui que ele conheceu a defunta e nunca saberemos até onde foram suas relações. Em todo caso, eles eram suficientemente íntimos para que a defunta não hesitasse em lhe pedir que a acompanhasse diante da comissão responsável pelas interrupções de gravidez. Mas por que dirigir-se a ele e não a alguém daqui? Não é difícil de adivinhar. Todo homem casado morando nesta estação de águas teria medo de ter problemas com sua mulher se a coisa viesse à tona. Só alguém que não fosse daqui poderia prestar esse serviço a Ruzena. Além disso, o boato de que esperava um filho de um artista célebre não podia senão agradar à enfermeira e não atrapalharia o músico. Podemos, portanto, supor que o senhor Klima aceitou fazer-lhe esse favor com uma total despreocupação. Seria razão para assassinar a infeliz enfermeira? É muito pouco provável, como o doutor Skreta nos explicou, que Klima fosse o verdadeiro pai da criança. Mas admitamos essa eventualidade. Suponhamos que Klima seja o pai e que isso lhe seja extremamente desagradável. Podem me explicar por que ele teria matado a enfermeira, já que ela tinha aceitado a interrupção da gravidez e a intervenção já estava oficialmente autorizada? Então, senhor Bertlef, devemos considerar que Klima é o assassino?

— O senhor não me compreende — disse calmamente Bertlef. — Não quero mandar ninguém para a cadeira elétrica. Quero apenas inocentar Ruzena. Porque o suicídio é o maior pecado. Mesmo uma vida de sofrimento tem um valor secreto. Mesmo uma vida no limiar da morte é uma coisa esplêndida. Aquele que nunca olhou a morte de frente ignora isso, mas eu, senhor inspetor, eu sei, e é por isso que digo que farei tudo para provar que essa moça é inocente.

— Mas eu também, eu vou tentar — disse o inspetor. — Na verdade, existe ainda um terceiro suspeito. O senhor Bertlef, o empresário americano. Ele mesmo confessou que a falecida passou com ele a última noite de sua vida. Poderíamos objetar que se ele fosse o assassino, não seria, sem dúvida, uma coisa que ele confessaria espontaneamente. Mas essa objeção não resiste a um exame. No concerto de ontem à noite, toda a sala viu que o senhor Bertlef estava sentado ao lado de Ruzena e que saiu com ela antes de o concerto terminar. O senhor Bertlef sabe muito bem que nessas condições é melhor confessar prontamente do que ser desmascarado pelos outros. O senhor Bertlef nos afirma que a enfermeira Ruzena ficou satisfeita com aquela noite. Não é de surpreender! Além do senhor Bertlef ser um homem sedutor, é sobretudo um empresário americano, que tem dólares e um passaporte com o qual se pode viajar pelo mundo inteiro. Ruzena vive enclausurada neste buraco e procura em vão um meio de sair. Ela tem um namorado que vive pedindo para casar com ela, mas é um jovem mecânico daqui. Se ela se casar com ele, seu destino estará selado para sempre, e ela nunca sairá deste lugar. Ela não tem mais ninguém aqui, portanto não briga com ele. Mas ao mesmo tempo evita se ligar a ele definitivamente, porque não quer renunciar às suas esperanças. E de repente aparece um homem exótico com maneiras refinadas e que lhe vira a cabeça. Ela já acredita que ele vai se casar com ela e que ela vai deixar definitivamente este canto perdido do mundo. A princípio ela se comporta como uma amante discreta, mas depois torna-se cada vez mais incômoda. Ela o faz compreender que não renunciará a ele e começa a fazer chantagem. Mas Bertlef é casado e sua mulher, se não me engano uma mulher amada, mãe de um garoto de um ano, deve chegar amanhã dos Estados Unidos. Bertlef quer evitar o escândalo de qualquer maneira. Sabe que Ruzena tem sempre consigo um frasco de tranquilizantes e sabe como são esses comprimidos. Tem muitas relações no estrangeiro e tem também muito dinheiro. É simples para ele mandar fazer um comprimido tóxico que tem o mesmo aspecto do remédio de Ruzena. No decorrer dessa noite maravilhosa, enquanto sua amante dorme, ele coloca o veneno no frasco. Acho, senhor Bertlef — concluiu o inspetor elevando solenemente a voz —, que o senhor é a única pessoa que tinha um motivo para assassinar a enfermeira e também a única pessoa que tinha os meios para fazê-lo. Peço que passe à confissão.

O silêncio instalou-se na sala. O inspetor olhava longamente para Bertlef nos olhos e Bertlef devolvia-lhe um olhar tão paciente quanto silencioso. Seu rosto não demonstrava nem espanto nem desprezo.

— Não estou surpreso com suas conclusões. Como o senhor é incapaz de descobrir o assassino, é preciso que encontre alguém que endosse o seu erro. Um dos estranhos mistérios da vida é que os inocentes devam pagar pelos culpados. Por favor, prenda-me.

22

O campo estava invadido por uma leve penumbra. Jakub parou o carro numa cidade situada a apenas alguns quilômetros da fronteira. Queria prolongar os últimos instantes que passava em seu país. Desceu do carro e deu alguns passos numa rua da cidade.

Essa rua não era bonita. Ao longo das casas baixas se espalhavam rolos de arame enferrujado, uma roda de trator abandonada, pedaços de metal velho. Era uma cidade maltratada e feia. Jakub pensou que todo esse arame enferrujado era como um palavrão que seu país natal lhe dirigia a título de despedida. Andou até a extremidade da rua, onde havia uma praça com um lago. O lago também estava abandonado, coberto de plantas flutuantes. Na margem havia alguns patos que um garoto tentava empurrar para a frente com uma vara.

Jakub deu meia-volta para retornar ao carro. Notou um garoto atrás da janela de uma casa. O garoto, que mal parecia ter cinco anos, olhava pelo vidro em direção ao lago. Talvez observasse os patos, talvez o garoto que empurrava os patos com a vara. Estava atrás do vidro e Jakub não podia tirar os olhos dele. Era um rosto infantil, mas o que atraía Jakub eram os óculos. O garoto usava grandes óculos dos quais se podiam perceber as grossas lentes. A cabeça era pequena e os óculos eram grandes. A criança os usava como um fardo. Ele os usava como seu destino. Olhava através do aro de seus óculos, através de uma grade. É, usava esses dois aros como uma grade que teria que arrastar por toda a vida. E Jakub olhava os olhos do menino através da grade dos óculos e sentiu-se, de repente, invadido por uma grande tristeza.

Foi repentino, como um rio em que as margens acabam de ceder e águas se espalham por todo o campo. Fazia tanto tempo que Jakub não ficava triste. Tantos anos. Ele conhecia a aspereza, a amargura, mas não a tristeza. E agora ela o assaltava, e ele não podia mais se mover.

Via diante de si o garoto vestido com uma grade e tinha pena dessa criança e de todo o seu país, e pensava que, esse país, ele o tinha amado pouco e mal, e estava triste por causa desse amor ruim e malsucedido.

E veio-lhe a ideia repentina de que era o orgulho que o impedira de amar esse país, o orgulho da nobreza, da grandeza de alma, da delicadeza; um orgulho insensato que fazia com que ele não amasse seus semelhantes, que os detestasse, porque via neles assassinos. E lembrou-se de que tinha colocado veneno no frasco de remédios de uma desconhecida, sendo ele próprio um assassino. Era um assassino e seu orgulho estava reduzido a pó. Tinha se tornado um deles. Era irmão desses repugnantes assassinos.

O garoto de grandes óculos estava de pé contra a janela, como que petrificado, o olhar fixo no lago. E Jakub entendeu que o garoto estava ali à toa, que não era culpado de nada, e que tinha vindo ao mundo, para sempre, com olhos doentes. E pensou ainda que aquilo de que não gostava nos outros era alguma coisa de gratuito, aquilo com o que vinham ao mundo e que carregavam consigo como uma grade pesada. E sentiu que não tinha nenhum direito privilegiado à grandeza de alma e que a suprema grandeza de alma era amar os homens mesmo que fossem assassinos.

Reviu mais uma vez o comprimido azul-claro e pensou que o tinha colocado no frasco da enfermeira antipática como uma desculpa; como um pedido de admissão em suas fileiras; como um pedido, implorando-lhes que o aceitassem entre eles, se bem que sempre tivesse se recusado a ser considerado um deles.

Dirigiu-se em passos rápidos para o carro, abriu-o, pôs-se ao volante e partiu para a fronteira. Ainda na véspera achara que seria um momento de alívio. Que partiria dali com alegria. Que iria deixar um lugar em que viera ao mundo por engano, em que, na verdade, não se sentia em casa. Mas, nesse momento, sabia que deixava sua única pátria, e que não tinha outra.

23

Não fique alegre — disse o inspetor. — A prisão não abrirá suas portas gloriosas para que você as atravesse como Jesus Cristo subindo o Gólgota. Nunca me ocorreu a ideia de que você pudesse matar essa moça. Se o acusei, foi apenas para que você não se obstinasse em achar que ela foi assassinada.

— Estou contente que você não leve a sério sua acusação — disse Bertlef num tom conciliador. — E tem razão, não é razoável de minha parte querer conseguir do senhor justiça para Ruzena.

— Constato com prazer que vocês se reconciliaram — disse o dr. Skreta. — Existe uma coisa que pode ao menos nos reconfortar. Qualquer que tenha sido a morte de Ruzena, sua última noite foi uma bela noite.

— Olhe a lua — disse Bertlef. — Ela está igual a ontem e transforma esta sala num jardim. Há menos de vinte e quatro horas, Ruzena era a fada deste jardim.

— E a justiça não tem nada que possa nos interessar tanto — disse o dr. Skreta. — A justiça não é uma coisa humana. Existe a justiça das leis cegas e cruéis, e talvez exista uma justiça superior, mas essa me é incompreensível. Tenho sempre a impressão de viver neste mundo "fora da justiça".

— Como? — espantou-se Olga.

— A justiça não me diz respeito — disse o dr. Skreta. — É alguma coisa que se encontra fora e acima de mim. Em todo caso, é algo de não humano. Não colaborarei nunca com esse poder repugnante.

— Você quer dizer com isso — perguntou Olga — que não admite nenhum valor universal?

— Os valores que admito não têm nada em comum com a justiça.

— Por exemplo...? — perguntou Olga.

— Por exemplo, a amizade — respondeu docemente o dr. Skreta.

Todo mundo se calou e o comissário levantou-se para ir embora. Nesse momento, Olga teve uma ideia súbita.

— De que cor eram os comprimidos que Ruzena tomava?

— Azul-claro — disse o inspetor, e acrescentou com um interesse renovado: — Mas por que você fez essa pergunta?

Olga temia que o inspetor decifrasse seus pensamentos e apressou-se em recuar:

— Eu a vi com um frasco de comprimidos. Estava me perguntando se era o frasco que vi...

O inspetor não decifrou seus pensamentos, estava cansado e desejou a todos boa noite.

Quando ele saiu, Bertlef disse ao doutor:

— Nossas mulheres devem chegar de um minuto para outro. Você quer ir encontrá-las?

— Claro. Hoje você toma uma dose dupla de remédio — disse o doutor com interesse, e Bertlef retirou-se para o quarto vizinho.

— Você deu, há tempos, um veneno para Jakub — disse Olga. Era um comprimido azul-claro. E Jakub estava sempre com ele. Eu sei.

— Não invente bobagens. Nunca dei nada a ele — disse energicamente o doutor.

Depois Bertlef, usando uma gravata nova, voltou ao pequeno quarto ao lado. Olga despediu-se dos dois homens.

24

Bertlef e o dr. Skreta iam para a estação de trem pela alameda de álamos.

— Olhe essa lua — disse Bertlef. — Acredite, doutor, a tarde e a noite de ontem foram milagrosas.

— Acredito, mas é preciso tomar cuidado. As reações que fatalmente acompanham uma noite tão bela fazem com que você realmente corra um grande perigo.

Bertlef não respondia e seu rosto brilhava com um orgulho feliz.

— Você me parece estar de excelente humor — disse o dr. Skreta.

— Você não se engana. Se, graças a mim, a última noite da vida dela foi uma bela noite, fico feliz.

— Sabe — disse de repente o dr. Skreta —, tem uma coisa estranha que queria lhe pedir, mas nunca ousei. No entanto, tenho a impressão de que vivemos hoje um dia tão excepcional que posso ter a audácia...

— Fale, doutor!

— Queria que você me adotasse como seu filho.

Bertlef parou espantado, e o dr. Skreta explicou-lhe os motivos de seu pedido.

— O que não farei por você, doutor! Tenho medo apenas de que minha mulher ache isso estranho. Ela teria quinze anos menos do que seu filho. Será possível, do ponto de vista jurídico?

— Não está escrito em lugar nenhum que um filho adotivo tenha que ser mais moço do que seus pais. Não é um filho de sangue, mas precisamente um filho adotivo.

— Você está certo disso?

— Já consultei os juristas há muito tempo — disse o dr. Skreta com uma serena timidez.

— Sabe, é uma ideia engraçada, e estou um pouco espantado — disse Bertlef —, mas hoje estou num tal estado de encantamento que queria apenas uma coisa, dar felicidade ao mundo inteiro. Se isso pode lhe trazer felicidade... meu filho...

E os dois homens se abraçaram no meio da rua.

25

Olga estava deitada em sua cama (o rádio do quarto vizinho estava silencioso) e era evidente para ela que Jakub tinha matado Ruzena e que, com exceção dela e do dr. Skreta, ninguém mais sabia disso. Por que ele fizera isso, sem dúvida ela jamais saberia. Um arrepio de espanto percorreu sua pele, mas depois (como sabemos, ela sabe "se observar" bem) constatou com surpresa que esse arrepio era delicioso e esse espanto cheio de orgulho.

Na véspera, ela tinha feito amor com Jakub num momento em que ele devia estar tomado pelos mais atrozes pensamentos e ela o tinha absorvido inteiramente para si, mesmo com esses pensamentos.

Como é que isso não me repugna? — pensava ela. — Como é que não vou (e nunca irei) denunciá-lo? Será que também eu vivo fora da justiça?

Mas quanto mais ela assim se interrogava, mais sentia aumentar nela esse estranho e feliz orgulho, e era como uma moça que é violada e que bruscamente é tomada por um prazer embriagador, tanto mais poderoso quanto mais é reprimido...

26

O trem chegou à estação e duas mulheres desceram.

Uma tinha uns trinta e cinco anos e recebeu um beijo do dr. Skreta; a outra era mais moça, estava vestida com requinte, segurava um bebê nos braços, e foi Bertlef que lhe deu um beijo.

— Mostre-nos seu menino, cara senhora — disse o dr. —, ainda não o vi!

— Se não o conhecesse tão bem, ficaria desconfiada — disse a senhora Skreta rindo. — Olha, ele tem uma pinta no lábio superior, no mesmo lugar da sua!

A senhora Bertlef examinou o rosto de Skreta e disse quase gritando:

— É verdade! Nunca a notei em você quando fiz meu tratamento aqui!

Bertlef disse:

— É um caso tão surpreendente que me permito classificá-lo entre os milagres. O doutor Skreta, que devolve às mulheres a saúde, pertence à categoria dos anjos e, como os anjos, marca com seu sinal as crianças que ajuda a pôr no mundo. Não é uma pinta, mas a marca de um anjo.

Todas as pessoas presentes estavam encantadas com as explicações de Bertlef e riram alegremente.

— Aliás — recomeçou Bertlef, dirigindo-se à sua encantadora mulher —, anuncio-lhe solenemente que há alguns minutos o doutor é o irmão de nosso pequeno John. É portanto perfeitamente normal, como irmãos, que tenham o mesmo sinal.

— Finalmente você resolveu... — disse a senhora Skreta com um suspiro de felicidade.

— Não compreendo nada, não compreendo nada! — dizia a senhora Bertlef, exigindo explicações.

— Vou lhe explicar tudo. Nós temos tanta coisa para nos dizer hoje, tanta coisa para comemorar. Temos pela frente um magnífico fim de semana — disse Bertlef, segurando o braço da mulher. Depois, sob as luzes da plataforma, saíram os quatro da estação.

Milan Kundera nasceu em Brno, na República Tcheca, em 1929, e emigrou para a França em 1975, onde vive como cidadão francês. Romancista e pensador de renome internacional, é autor, entre outras obras, de *A insustentável leveza do ser*, *A brincadeira*, *Risíveis amores*, *A ignorância*, *A cortina* e *O livro do riso e do esquecimento*, publicadas no Brasil pela Companhia das Letras.